Masqué·e·s

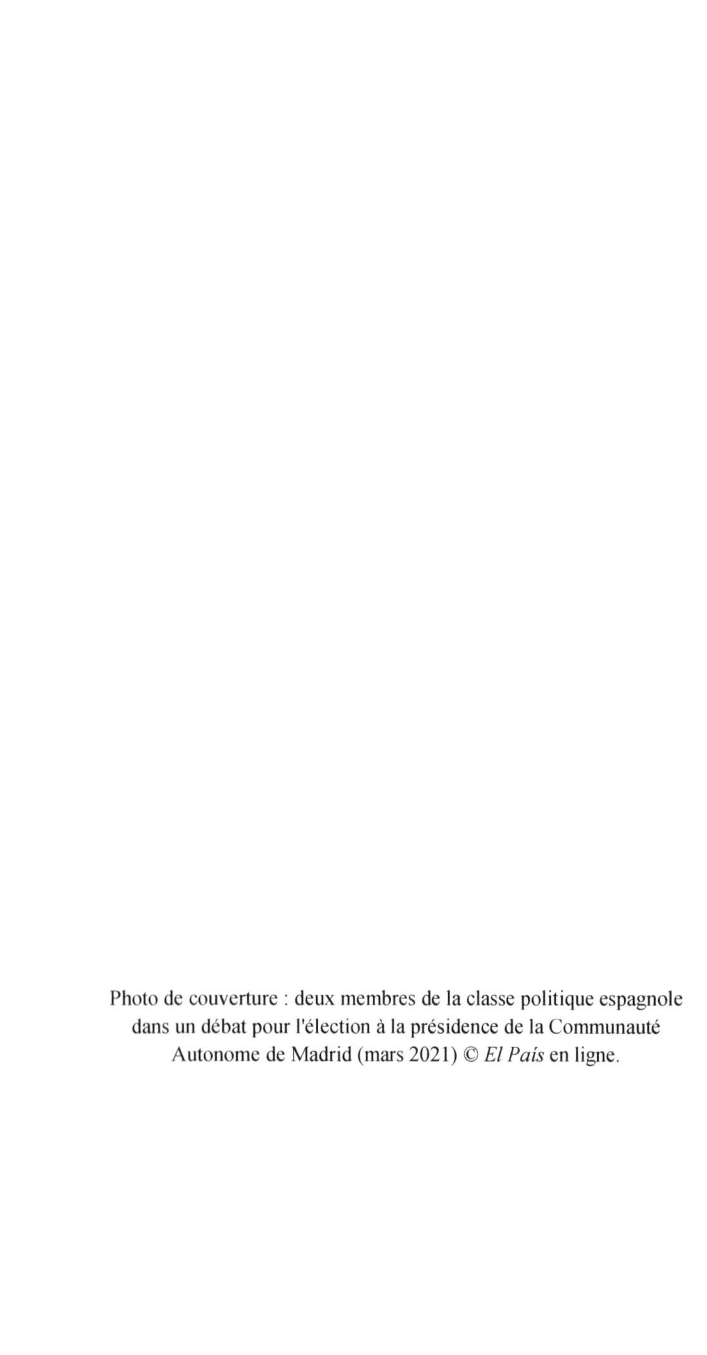

Françoise Cazal

Masqué·e·s

www.brightsummaries.com

Ebook EAN: 9782806296948

Paperback EAN: 9782806296955

Legal Deposit: D/2017/12603/240

This guide was written with the collaboration of Alice Rasson for the chapters 'The power of imagination' and 'The idealisation of France'.

Cover: © Primento

Digital conception by Primento, the digital partner of publishers.

This guide was produced with the support of the *Service Général des Lettres et du Livre* of the Wallonia-Brussels Federation.

« L'insociable sociabilité »
Emmanuel Kant

« Si un homme me tient à distance,
ma consolation est qu'il se tient
à la même distance de moi. »
Jonathan Swift

Hologramme

Hier, rue d'Embarthe, j'ai croisé Ali sur son vélo, un Motobécane des années 1970, – je les repère entre mille –, fin et élégant comme lui, qu'il avait dégoté sur le Bon Coin. Ali est en troisième année de thèse d'économie politique à l'Université Capitole 1 et se rend toujours en vélo, depuis son studio du quartier Saint-Michel, aux cours qu'il donne au centre ville en tant qu'Attaché Temporaire d'Enseignement et de Recherche. Il porte en toute saison des lunettes noires à cause de sa conjonctivite. Avec le froid, ce jour-là, il était vêtu d'une doudoune noire à capuche bordée d'une auréole de fourrure synthétique et, sur son visage sombre, il portait le masque en tissu noir de la pandémie.

L'espace d'un éclair, j'ai vu un vélo chevauché par un être sans visage, noir sur noir. Une absence. Et, en effet, Ali n'est pas vraiment là, il ne s'appartient pas, il attend le jour où il reviendra à N'Djamena, sa ville d'origine, où sa mère a organisé son mariage avec une jeune musulmane bien sous tous rapports, appartenant au même niveau social que lui. L'étudiante qui vit avec lui à Toulouse, et qui l'aime éperdument, ne sait pas qu'il va partir.

Goulag

Éva a eu plusieurs vies. Allemande « de l'Est » installée dans le marais sud vendéen à Puyravault pour suivre les désirs de son mari colonel à la retraite et amateur de voile, je l'ai d'abord connue en tant que collègue dans le lycée où elle enseignait l'allemand et moi, l'espagnol. Devenue veuve, et retraitée, elle avait renoué avec sa première formation, les Beaux-Arts, fait de la peinture non-figurative, qu'elle vendait bien, et aussi des gravures puissantes, des livres d'artiste, puis s'était tournée vers le travail du tissu, produisant des œuvres extraordinaires. Trois ans avant la pandémie, Éva avait abordé un thème glacial, dans sa nouvelle production de plasticienne.

Après une période de robes déjantées et somptueuses, faites de matériaux de récupération, de cravates usagées et de filets agricoles achetés à la GAEC, suivies de robes de bure monumentales, d'une beauté austère, exposées dans divers châteaux et monastères du Poitou et des Charentes, elle s'était tournée, avec l'urgence qui caractérise chaque nouvelle voie explorée, vers la confection de masques bien particuliers. Elle avait trouvé dans une revue d'archives allemandes du XXe siècle des photos grises représentant quelques exemplaires de masques anti-froid portés par les prisonniers d'un goulag sibérien. Un orifice rond pour la bouche, comme un cri gelé, deux fentes étroites pour les yeux s'ouvraient à travers les couches de tissus récupérées sur des lambeaux de hardes. Les prisonniers plaquaient ces protections improvisées en cuirasse devant leur visage dans l'espoir de faire partiellement barrière aux températures extrêmes. Ces reliques vides avaient un air lunaire, et Éva avait été tellement fascinée par ces yeux sans visage qu'elle n'avait eu de cesse d'en découper, assembler et coudre à la machine plusieurs, inspiration rageusement soulageante. Je n'ai jamais vu les masques finis, ils devaient faire peu après l'objet d'une exposition à La Rochelle ; mais j'ai vu les épaisseurs de tissus écrasées avec dextérité sous le pied-de-biche de la lourde machine à coudre.

Déchetterie

N'ayez jamais de jardin loin de chez vous ! Les choses de la vie nous avaient fait négliger d'aller au village de Marcolès, près d'Aurillac, pendant trois ans, et le jardin situé au quartier dit du « Faux-bourg », l'ancien potager de mon grand-père, entouré de ses murs de pierres sèches, était resté à l'abandon, envahi par plusieurs couches d'herbes hautes et quelques massifs de ronce. Le mur qui bordait le chemin avait commencé à s'ébouler. La voisine et riveraine de l'autre côté du jardin, une parente par alliance, se plaignait aigrement que son jardin allait être envahi par de maléfiques serpents. Alain décida de nettoyer lui-même, mais couper la végétation, ce n'était pas tout, il fallait ensuite évacuer des monceaux d'herbes et de feuilles. Alain compressait l'herbe sèche dans de grands sacs et la tassait dans le coffre de la voiture. S'ensuivit une noria de passages dans les deux déchetteries les plus proches, Saint-Mamet et Lacapelle-del-Fraysse, qui s'étaient accordées pour ouvrir à des horaires complémentaires, tantôt l'une, tantôt l'autre. C'était le temps de la pandémie et les gardiens, comme dans tout lieu public, portaient un masque, ce qui donnait aux paroles échangées une intensité inhabituelle, due à la nécessité d'articuler. Il fallait montrer patte blanche au gardien la première fois, pour bien prouver qu'on avait le droit de déposer le chargement. À la grande surprise du premier gardien, qui s'attendait à me prendre en défaut, j'avais sur moi le document administratif exigé. Puis, au tour suivant, quand la première déchetterie fut fermée, nous sommes allés à la recherche de la deuxième, celle de Lacapelle. Le gardien s'est approché, comme son collègue, pour nous demander qui nous étions et s'enquérir de la nature du dépôt. Il s'est penché vers la portière dont j'avais baissé la vitre. Des yeux plissés par un sourire masqué invisible, d'inoubliables yeux verts.

Le vengeur masqué

C'était en décembre, une période sans confinement, mais avec couvre-feu à 20 h, petite promenade de 3/4 d'heures, l'après-midi, dans le quartier, rue des Chalets, pour s'aérer un peu ; bizarrement nous avions gardé le rythme du premier Grand Confinement : 1 h maximum pour sortir, 1 km de rayon autour de chez soi, cela reste un fil à la patte intériorisé dont je n'arrive pas à me défaire. Si je dépasse ce délai, aussitôt m'envahit une vague culpabilité. Nous portions le masque, obligatoire hors de chez soi dans cette période de « distanciation sociale » et de « gestes barrières » et étions sur le point de traverser la rue Mérimée. C'est un quartier à vitesse limitée à 30 à l'heure, donc priorité aux piétons partout (mais tout le monde n'a pas l'air de le savoir). Juste au moment d'aborder la traversée de cette petite rue, arrive à vive allure une voiture conduite par une femme de la cinquantaine, avec une passagère. Cela nous oblige à un bref temps d'arrêt au cas où elle n'aurait pas ralenti, mais, finalement, elle stoppe réglementairement pour nous laisser traverser. Comme, d'un peu plus, elle ne s'arrêtait pas, elle se sent un peu coupable d'avoir pensé un peu tard à le faire et d'être arrivée trop vite au carrefour, d'où un air contrit affiché ostensiblement, en guise de réparation, et un aimable sourire d'excuse à mon égard. Je passe devant leur véhicule immobilisé, et Alain, lui, choisit de passer à l'arrière. À son habitude, il frôle, tel un danseur, l'obstacle de la carrosserie, et au moment où il se penchait légèrement sur la voiture pour l'esquiver, sa poche de parka, lestée de son téléphone, heurte légèrement le coffre du véhicule, de façon perceptible, produisant un petit choc métallique étouffé seulement en partie par le tissu. Je me retourne, la voiture est toujours arrêtée, la passagère a baissé à la hâte sa vitre, la conductrice se penche, me hèle, stupéfaite et en colère « Il a frappé la voiture ? ». Je me dis : réflexe classique, les automobilistes ne supportent pas qu'on effleure leur carrosserie, paranoïa ordinaire qui a fait croire à cette dame charmante, mais un peu trop vive, qu'Alain se vengeait de ce qu'elle ne nous avait pas cédé le passage tout de suite. Alain, qui n'a pas saisi ce qui se passait, le visage anonymisé par son masque, se tourne vers elle. Elle ne peut rien décoder sur son visage. C'est donc moi qui dois expliquer « mais non, il n'a pas frappé votre véhicule, c'est le téléphone dans sa poche qui l'a légèrement heurtée au passage, ce n'est rien ». Soulagée, elle redémarre en trombe.

Si elle savait que l'un des « sports » préférés d'Alain, aux passages piétons avec feux, est de frapper bruyamment du plat de la main les carrosseries des automobilistes qui forcent le feux rouge et ne laissent pas passer les piétons dans leur droit. Mais, pour une fois, il n'avait rien fait ! Ambiance électrique de la pandémie.

Orthodoxie

MPC, après sa longue journée de consultations médicales, rentre chez elle en vélo. Elle s'arrête au magasin Truffaut rue de Metz, pour acheter des croquettes de régime à ses chats. Elle attache soigneusement son vélo, avec chaîne et cadenas, au mobilier urbain. Une fois les croquettes trouvées, elle fait sagement la queue à la caisse. Des panneaux indiquent clairement que chaque client doit garder une distance d'un mètre et porter le masque. Arrive une étudiante de 20 ans, insouciante, satisfaite de sa personne, qui se colle juste derrière elle. MPC se retourne, lui montre du doigt le règlement. La fille lève les yeux au ciel, « Bouu là là ! » et recule d'un demi-pas. MPC se retourne encore : « Un mètre ! ». La fille râle « Bouuu là là, vous, alors ! » et recule encore. Elle porte son masque sous le nez. « Et le masque, on le met aussi SUR le nez ! », lui jette MPC, ce à quoi l'étudiante répond « Oh, mais vous, alors, qu'est-ce que vous êtes agressiiiiiiive ! » MPC explose : « Après, à cause d'écervelées comme vous, des gens seront contaminés et vont mourir, vous n'êtes qu'une tête en l'air, une irresponsable, aucune maturité, quand allez-vous enfin grandir ? ». Les autres clients et le jeune homme de la caisse baissent les yeux et gardent un silence prudent.

En sortant, MPC trouve sur le trottoir un SDF en train de masser amoureusement la selle de son vélo. Mille sabords !!!

De l'avantage du masque

Monsieur Bou était une figure de la rue Douvillé. Âgé de 96 ans, veuf depuis 4 ans, il vivait en solitaire, partageant ses jours avec un vieux chien gris très laid et peu aimable qui était toute sa vie, et qu'il promenait 3 fois par jour dans le quartier. L'autre particularité de Monsieur Bou était que, lorsqu'il bavardait avec des voisins ou des connaissances, il ne contrôlait pas le généreux flux de salive qui s'échappait de sa bouche en raison de son grand âge, pour peu qu'il se penche, par exemple pour regarder son chien. Toujours un peu redoutables, les moments de conversation conviviale avec cet excellent homme ! Je m'obligeais à regarder légèrement en biais, pour éviter le haut-le-cœur. Le masque avait arrangé tout cela. Tendu sur les grosses joues de Monsieur Bou, il empêchait les projections et débordements intempestifs. Monsieur Bou, dont le Dr Raoult aurait dit froidement qu'il était de ceux qui avaient « de toute façon, une très faible espérance de vie », trouvait encore la force de promener son chien. Puis vint le moment où, ses jambes s'affaiblissant, il se mit à tomber souvent et ne savait guère se relever.

Un soir où Alain, qui aurait pu l'aider à se remettre debout, n'était pas là, il est tombé encore. Son aide-ménagère ne pouvait le relever seule, car il était corpulent. On fit appel à un jeune couple de voisins. « Mais non, nous ne pouvons pas le toucher, il ne faut pas toucher quelqu'un qui est tombé, c'est trop dangereux ». On fit donc appel au Samu, qui embarqua Monsieur Bou une heure après dans son ambulance. Et, comme on dit, « Ils l'ont gardé ». Aussi, 15 jours après, 15 jours avec interdiction de recevoir la moindre visite (règlement de l'Hôpital, en temps de coronavirus), jours qu'il passa à sangloter d'angoisse en pensant au sort de son chien, Monsieur Bou est mort, et fut compté officiellement comme mort du Covid-19 (qu'il n'avait pas quand il y est entré). Mais comme cela, disent certains, l'hôpital facture plus cher à la Sécurité sociale.

Le chien, rassurez-vous, a été généreusement adopté par l'aide-ménagère.

Les pétainistes à l'épicerie

L'épicerie Campillo, rue Claire Paulhac, est certainement le plus petit magasin du quartier des Chalets, et peut-être même de tout Toulouse. Magasin de produits bios et de proximité, on y va pour le plaisir, tout en sachant qu'il n'y aura pas grand-chose à acheter, et qu'il faudra faire la queue devant la porte, car les mesures sanitaires officielles et l'exiguïté extrême du local ont motivé une inscription affichée sur la porte « Pas plus de deux clients à la fois ». C'est un petit magasin où l'on a envie d'aller par temps de pandémie, il est tenu par deux belles plantes masquées, qui ont entouré la caisse d'une tente en plastique transparent pour se protéger des gouttelettes de Flügge. Ce jour-là, quand je suis entrée dans le magasin, je n'avais pas encore vu l'affichette limitant le nombre de clients à deux, car elle avait été installée depuis peu. Il y avait déjà un couple de clients à l'intérieur, de l'âge moyen des habitants du quartier, c'est-à-dire un âge assez avancé. L'homme m'interpella aussitôt sur le ton de la plus haute réprobation, « Madame, il faut que vous sortiez, respectez le règlement, si tout le monde faisait comme vous, plus rien ne fonctionnerait, ce serait le désordre intégral, Madame l'épicière que voilà serait obligée par la police de fermer son magasin, vous en seriez la cause, il faut respecter un peu mieux la loi, vous n'avez pas à rester là tant que nous sommes dans le magasin, les bonnes manières se perdent ! ». Interloquée, je battis en retraite, m'excusant de n'avoir pas vu la discrète et récente affichette. La jeune commerçante regardait pudiquement ailleurs, et ne disait mot.

L'espace d'un instant, je me suis sentie lépreuse au Moyen-Âge, juive sous l'Occupation, noire sous l'Apartheid.

Ce violent rejet, cette hostilité brutale et disproportionnée, ce long discours moralisateur, se seraient-ils exprimés ainsi sans l'abri des masques ?

J'ai attendu dehors, sous la pluie, pendant un quart d'heure, car, à l'intérieur, le couple musardait, prenait son temps pour explorer la moindre étagère des $4\,m^2$ du magasin, soulevait une bouteille, la posait, la reprenait pour en lire exhaustivement l'étiquette, demandait des détails sur la provenance de tel article, et se ravisait soudain au moment de payer, « Ah, j'ai oublié de prendre ceci, donnez-moi donc un peu de cela ». De temps, en temps, la femme du couple, par-dessus son masque, lançait un regard satisfait en ma direction, de l'autre côté de la vitrine, sous la pluie.

Conversation sous le masque

J'ai vu ce matin MPC, médecin généraliste et acupunctrice, qui a réussi à se faire vacciner il y a deux jours, en tant que « médecin de plus de 50 ans et en activité ». Elle a d'abord tenté de joindre le site dédié, qui s'est révélé injoignable, puis a reçu une liste des 7 lieux de vaccination pour personnel de santé. Elle s'y est rendue le matin. On vaccine une personne par quart d'heure : pour voir si une réaction allergique se produit, on attend un quart d'heure, au bout duquel sonne une minuterie (l'œuf est cuit), puis on passe au suivant.

Deux personnes à l'accueil au lieu d'une permettraient d'accélérer le rythme. Mais l' « opératrice » était seule.

MPC, sachant par la presse que la vaccination était souvent administrée à tort, et par manque de fournitures médicales, avec des aiguilles de 16 mm pour injections sous-cutanées, s'était munie de deux aiguilles de 25 mm pour intramusculaires, correspondant au protocole recommandé par Pfizer. Aiguilles que l'infirmière a refusé d'utiliser. Pendant que MPC attendait son tour, un collègue qui attendait lui aussi lui a dit, confidentiellement, sous le masque : « Vous avez vu les seringues ? » La totalité des seringues prévues pour l'après-midi, préparées dès le matin, attendaient déposées en vrac dans des « haricots ». Il y a certes, une marge de 2 à 6 h pour utiliser à température ambiante le vaccin. Mais ce travail à la chaîne n'est pas rassurant. Effet de perte d'identité. « Les médecins sont des patients comme les autres », dit un épidémiologiste, l'un de ceux qui écrivent quotidiennement le Grand Récit de la Pandémie. Mais MPC confie avoir eu les larmes aux yeux d'avoir la chance de participer à cette grande avancée médicale que représente le vaccin ARN.

La tache originelle

Maxence a quinze ans. Sur sa joue, cette « tache de vin », comme on disait autrefois, devait s'effacer quand il grandirait. Mais elle est restée. Pas monstrueuse, juste un ovale de 5 cm sur 3, sur le côté gauche. À treize ans, on lui a proposé de l'enlever, mais il n'a pas voulu, totalement habitué à ce que les regard des gens convergent toujours de ce côté-là ou bien se détournent vite. « N'empêche », se dit-il, avec un petit sourire en coin, sous son masque, « ce Covid me plaît bien, plus personne ne remarque rien. Si ça pouvait durer toujours. »

Habitude

Mesures coercitives, campagnes de sensibilisation, effet d'entraînement, voilà qu'une grande partie de la population a adopté, en un temps record d'à peine un an, ce nouvel élément vestimentaire. Si vous essayez de ne pas vous laisser gagner par l'habitude, si vous réussissez à garder un regard neuf sur le phénomène, c'est un sujet d'étonnement permanent. Quel merveilleux monde délirant nous habitons... Je fais cet exercice mental chaque fois que je sors, et un grand rire intérieur me secoue. Je m'autorise même, sous le masque, un discret rire silencieux. Heureusement, personne ne le sait, ce serait mal vu et considéré comme un manque d'empathie envers la population des « fragiles », tous ceux qui, censés disposer d'une espérance de vie très courte, voient celle-ci brutalement abrégée. Savez-vous qu'après avoir répondu à un questionnaire médical à l'IHU de Marseille, vous pouvez vous entendre dire que, médicalement parlant, vous devriez déjà être mort depuis plus de deux ans ? Profitez-bien de cette rallonge inespérée, voire imméritée, avant que le variant anglais, ou « Sud-Af » ou brésilien, ou indien, ne vous saisisse à la gorge avec ses protéines spike en bataille, et jouissez de ce spectacle masqué permanent, vous voilà non seulement spectateur mais acteur de ces festivités carnavalesques. Et pour longtemps...

Visages sans yeux

À Toulouse, on n'a pas trop l'habitude de la pluie ; les parapluies ne se portent pas avec l'élégance et la détermination qui est celle des piétons des régions au climat humide, on les porte avec une résignation renfrognée, leur corolle enfoncée au plus près de la tête, et ainsi on voit s'avancer dans la rue des masques bleu clair, surmontés d'une chapiteau noir, les yeux frileusement à l'abri. Ces êtres tronqués avancent en regardant exclusivement leurs pieds, prévoyez de faire un détour pour les éviter si vous les croisez, car, sinon, gare ! route de collision assurée.

Dessin humoristique

Un dessin humoristique a beaucoup circulé, qui représentait les diverses façons de porter le masque, une seule étant conforme à la destination sanitaire correcte de cet accessoire, qui consiste à le porter à la fois sur le nez et sur la bouche, bien plaqué aux joues, enveloppant bien le menton. Pourtant, tous les prétextes sont bons pour le porter autrement. Un bref commentaire sous chacune des vignettes de ce dessin. Sous la case représentant le port réglementaire, on lit : « Homme croyant en la Science ». Les autres, ceux qui ne croient pas en la Science : l'un porte le masque sous le nez ; l'autre sous le menton ; un autre en visière sur le front, et un dernier, sur les yeux, pour ne pas voir la pandémie.

Pas de justice

Sous le nez, sous le menton : deux modalités massivement représentées dans les rues de Toulouse. Pratique pour pouvoir le mettre prestement, si on voit s'approcher la Police municipale. Personne n'a envie de payer 135 euros. J'ai pourtant vu verbaliser une petite femme de la cinquantaine grisonnante, rue du Taur. A-t-on idée ! Défier l'autorité en pleine rue piétonnière de l'hypercentre ! La malchance a voulu qu'elle croise une escouade de trois fonctionnaires municipaux. Ils étaient en train de dresser le procès-verbal quand je suis passée à côté. Pendant ce temps, sur les Boulevards, au moins cent personnes faisaient la même chose sans encourir la moindre remarque. Sentiment du destin qui s'acharne sur certains.

Reconnaissance faciale

La reconnaissance faciale est pratiquée dans un nombre de pays chaque jour plus grand, suscitant les débats et les oppositions auxquels on peut légitimement s'attendre. Mais, comment, en Chine en particulier, vont-ils la pratiquer sur les populations masquées ?

Couple mixte

María de las Mercedes Romero de Ávila, épouse Abou, est une étudiante de la section d'espagnol, qui, comme son nom de femme mariée l'indique, a convolé en justes noces (sous l'égide de quelle religion ?) avec l'un des honorables habitants du quartier du Mirail, où est implantée depuis cinquante ans maintenant l'université dite, lorsque j'étais en activité, « du Mirail », et désormais rebaptisée de façon moins stigmatisante « Université Jean-Jaurès ». L'époux est très strict sur la tenue vestimentaire de sa femme. Voile intégral, couleurs sombres. À cela s'est ajouté le masque sanitaire, pour cause de pandémie (on sait qu'elle frappe particulièrement les quartiers « défavorisés », même si Toulouse est une ville au taux d'incidence très modeste par rapport au Grand Est, ou à la région parisienne). Le masque de María de las Mercedes Romero de Ávila, épouse Abou, est noir, comme le reste de sa tenue. Elle a l'habitude. Plus besoin de la Burqa !

Toutefois, lorsque je les croise à la sortie de la station de métro Basso Cambo, on voit qu'Abd-el-Krim Abou, son époux, masqué lui aussi pour une fois, a bien du mal à supporter le voile sanitaire, essoufflé qu'il est par l'embonpoint qui alourdit sa démarche. Qu'est-ce qu'on respire mal là-dessous !

Voisinage

Alain est très estimablement connu dans le quartier, où tout le monde apprécie son dévouement et son personnage de « méridional chaleureux » volontairement outrancier. Avec les masques, il est dans son élément. En temps normal, vu qu'il est très myope, il ne reconnaît pas les personnes qu'il croise à plus de 3 mètres. Aussi les masques sont-ils une bonne excuse pour ne pas identifier même son plus proche voisin. Plus de quoi se sentir gêné si l'on n'a pas salué dans la rue la voisine de palier. D'ailleurs, de tout temps, Alain a pratiqué la distanciation sociale. Pas d'amis, rien que des connaissances. Pas de poignées de main inutiles, et jamais d'embrassades. N'aime pas recevoir les postillons des autres. Ne veut rien savoir de la vie privée d'autrui. La distanciation, finalement, lui va comme un gant. La fermeture des lieux culturels aussi. Pas de cinéma, pas de théâtre, pas d'Opéra, pas de musées. Voilà qui ne le prive guère, il n'y va, de toute façon, jamais. Confiné à la maison ? Une bonne raison pour s'enfoncer dans l'addiction délicieuse au portable et de s'informer sur tout, absolument tout, sans limites, à l'infini. Vaste est le monde.

Le rêve des deux chiots

C'était à Perruys, ferme hors du temps, où vivaient mes grands-parents, et où nous passions, moi et mes parents, l'intégralité des vacances d'été. Se trouvaient là, dans mon rêve, mon père, ma mère, ma grand-mère, mon grand-père, mais, en raison de la fantaisie temporelle du rêve, ils étaient tous saisis comme unifiés par l'âge, figés dans une même fin de soixantaine niant l'effet de génération ; ma mère rattrapait ainsi l'âge de sa propre mère, tous appartenaient à la tranche d'âge dite sanitairement « fragile » et en faisait des cibles privilégiées du coronavirus. Ils étaient peureusement réunis dans la pièce annexe à la cuisine, debout, inquiets, cachés à la vue d'éventuels visiteurs. Près d'eux, une fenêtre à barreaux, mais grande ouverte, laissait rentrer un air glacé mortifère. On pouvait voir, dans la pièce principale, la « cuisine », une visiteuse, grande, maigre, laide, au visage grognon, vêtue de noir, empruntant les traits ingrats d'une préparatrice de la pharmacie de la rue de la Chaîne, appelée familièrement entre nous « la moche » (« C'est la moche qui m'a servie » ; variante : « C'est la maigre qui t'a servie ? »). Cette personne émaciée, sans un mot, était venue s'emparer de deux chiots d'une merveilleuse espèce imaginaire, au parfait pelage frisé d'astrakan gris, et qui, comme je l'avais fait constater, avec enthousiasme, à Alain qui se trouvait là comme moi en observateur, ne « sentaient pas le chiot », et avaient de ce fait, et par la douce chaleur de leur pelage, éveillé chez moi une passion totale, lorsque j'avais fourré mon nez sur leur délicieux petit ventre rebondi.

« La moche » les avait pris et emportés sans un mot, me plongeant pour toujours dans la désolation.

La faucheuse ne portait pas le masque, et son souffle létal allait entraîner, après les chiots, la maigre cohorte familiale au grand complet dans la mort.

Et après, on dira que la pandémie ne nous travaille pas !

Baiser automobilistique

Les itinéraires de la promenade quotidienne, habitude sanitaire gardée du premier confinement et qui permet de mieux supporter la vie amoindrie du Grand Couvre-feu national (décrété en janvier 2021, avec début à 18 h), nous conduisent alternativement, Alain et moi, « en ville », vers l'hypercentre, St Sernin, les quais de la Garonne ou bien dans la direction opposée, vers les Minimes, dans des rues où immeubles et villas à l'ancienne cohabitent, ce qui a permis de conserver de nombreux grands et beaux arbres appartenant à d'anciens parcs démembrés par l'immobilier. L'itinéraire emprunte la rue de la Passerelle, et un peu plus loin, nous saluons rituellement un séquoia et un énorme pin parasol au pelage velouté. Juste après avoir traversé le boulevard des Minimes, nous arrivons au niveau d'une voiture garée au pied des immeubles, dont l'habitacle est éclairé par un vif rayon de soleil hivernal, et dans laquelle un couple, assis chacun à leur place respective, s'est rapproché pour échanger un baiser profond. Le sourire sur leurs lèvres expose totalement, de profil, la vue du ballet agile de leurs langues qui brillent au soleil. De ma vie, je n'ai vu in vivo aussi nettement un baiser ainsi profilé.

Et nous, nous sommes masqués.

« Je n'ai rien contre ce genre de baisers », dit Alain.

Temps long, temps court

Le 21 décembre dernier, il y avait une belle conjonction de Saturne et Jupiter qui ne se reproduira approximativement que dans 20 ans et, aussi parfaite que ce jour-là, pas avant 2080. Le coronavirus SARS COV2, comme les coronavirus de rhumes qui nous entourent, va s'atténuer et nous allons nous y habituer, il faudra 20 ans, ou 200 ans pour cela. L'espèce humaine va-t-elle rester masquée tout ce temps-là ? « Le début de l'ère du masque », on dira plus tard.

Beauté

Hélé est née laide, rien à faire pour arranger ça, non seulement les garçons ne la regardent pas, mais ils détournent les yeux, ou se moquent d'elle carrément. Grâce au masque, elle connaît un répit, une nouvelle existence. Les yeux, ce qu'elle a de mieux, elle les maquille pour corriger leur côté tombant. Elle se coiffe, alors que d'habitude, même pas la peine. Elle s'est acheté un joli manteau, demi-long, on voit moins ses formes disgracieuses. Se sachant à l'abri du masque, elle ose regarder les gens. Ne s'en prive pas. Regards appuyés et, chose inhabituelle, on les lui rend parfois. Pas mal, ce gars. Dommage que les cafés soient fermés, elle se serait bien installée en terrasse pour draguer. Elle a choisi un masque sombre, bien coupé, élégant. Elle ne va pas se mettre sur la figure ces horribles masques en papier bleu que tout le monde porte et qui baillent sur le côté. Elle espère bien que la pandémie va durer longtemps, Hélé se trouve, grâce à tout cela, à l'acmé de sa beauté. Elle se rêve un visage imaginaire parfait.

Qui sont-elles vraiment ?

Je reviens de faire les achats de légumes, au magasin bio le plus près de chez nous, chez « Les Vraqueuses », Boulevard d'Arcole. Alain, me demande : Comment elles sont, ces filles ? Je réponds qu'elles sont grandes, jeunes, aimables et accueillantes, moins de trente ans (si l'on peut en juger avec les masques), deux belles filles ; de leur visage je ne sais rien dire, je ne les ai connues que masquées. Covid oblige, les clients n'ont pas le droit de se servir eux-mêmes, donc cela crée du dialogue, et à chaque nouvel article demandé, l'une d'elles part d'un petit rire nerveux de satisfaction. Les débuts ont dû être difficiles, car leurs deux prédécesseurs, deux garçons, étaient de vraies catastrophes, raison pour laquelle, comme la majorité des clients, nous avions cessé très rapidement de fréquenter ce magasin.

Vive les Vraqueuses masquées, livraison de légumes et fruits le mardi.

La doxa des masques

Personne n'a oublié l'époque (mars 2020, début de la pandémie) où le « responsable » de la Santé, Jérôme Salomon, après avoir lu la litanie quotidienne des morts, énonçait doctement sur les écrans de télévision que le port du masque était contre-productif (alors que la réalité était que Salomon tentait froidement de cacher que la France était presque dépourvue de stock de masques, lui-même ayant été l'instigateur de leur destruction et non-renouvellement). Ce fut l'un des points principaux de la perte de confiance totale des Français envers leurs gouvernants.

Cela n'empêche pas, éternel recommencement, que, le 23 janvier 2021, le ministre de la Santé, Oivier Véran, ne nous fasse savoir (et cela fait l'objet d'une conférence de presse, il faut bien occuper le vide sidéral par des mots, et faire oublier ainsi la lamentable lenteur de la campagne de vaccination en cours) qu'il ne faut plus porter de masques en tissu « *Do It Yourself* », sauf s'ils sont « de catégorie 1 », car les autres seraient insuffisants pour empêcher la contagion. Fini le travail des petites couturières, improvisées ou professionnelles. Finie la passion des tutos sur Internet. Rien ne vaut le masque industriel. La raison, non formulée, c'est sans doute qu'il a été beaucoup produit de masques industriels, et qu'il faut bien les écouler. L'utilisation de masques en tissu, faits maison ou non, mais non industriels, a un côté « autonomie » du citoyen peu souhaitable pour un gouvernement centralisateur et autoritaire.

Mais, alors que l'impéritie et la malhonnêteté intellectuelle des propos de Jérôme Salomon avait mis quelques temps à être dénoncées, le démenti des propos d'Olivier Véran n'a pas tardé plus d'un jour, et c'est le président du groupe Covid-19 de l'Académie de Médecine, l'épidémiologiste Yves Buisson, qui s'en est chargé ce matin, au micro de France Inter. « Les masques », a-t-il dit, « quels qu'ils soient, en tissu comme les autres, sont essentiels. Ce qui compte, c'est d'arrêter les projections. Et les Français l'ont compris ». Il a dit aussi qu'il y avait, depuis un an, trop d'injonctions contradictoires sur les masques, et qu'il faudrait arrêter ces déclarations qui sèment le désordre et démobilisent la population. « Le masque », a-t-il ajouté, « est d'ailleurs la seule mesure réaliste, car la nouvelle préconisation (par le même ministre, dans la même conférence de presse) de garder deux mètres de distanciation sociale est complètement irréaliste à appliquer dans les transports en commun, commerces, etc. ». En revanche, Yves Buisson conseille fermement, dans le métro, là où le bruit ambiant oblige à parler fort, d'éviter de parler et de téléphoner.

Le journaliste lui a demandé « Le gouvernement vous consulte-t-il ? » « – Non, jamais ».

Post scriptum

Le lendemain, l'OMS rappelle l'utilité de toute espèce de masques et, en France, l'Académie de Médecine enfonce le clou et publie ceci : le renforcement demandé par le ministre de la Santé « relève d'un principe de précaution », mais « manque de preuve scientifique ». « L'efficacité des masques 'grand public' n'a jamais été prise en défaut dès lors qu'ils sont correctement portés. Un tel changement des recommandations concernant une pratique avec laquelle l'ensemble de la population avait réussi à se familiariser risque de susciter un peu plus d'incompréhension encore et de raviver les doutes sur le bien-fondé des préconisations officielles ».

Bali, ses œuvres et ses pompes

Certains pays mettent en œuvre des mesures très énergiques pour imposer le port du masque. Google nous apprend (janvier 2021) qu'à Bali, les contrevenants sont contraints sur-le-champ par les forces de l'ordre d'effectuer dans la rue, sous les yeux des policiers, un certain nombre de pompes : 15 pompes, pour un masque mal positionné ; 45 pour absence de masque. Ceux qui présenteraient des contre-indications médicales peuvent s'en dispenser en payant une amende (modique, l'équivalent de 6 euros).

Mais lorsque passe une ravissante touriste britannique, le visage cyniquement nu, souriant aux anges, va-t-on lui proposer de faire des pompes ? À Bali, les autorités confient être très peinées que 90 % des touristes n'en portent pas.

Cette mesure m'en rappelle une autre, prise l'an dernier dans un autre pays, je ne me souviens pas duquel. Pour appréhender le même type de contrevenants, les forces de l'ordre utilisaient de longues perches terminées pas une pince, que l'on refermait sur les vêtements des indociles afin de s'en emparer et de les conduire au fourgon sans avoir à les toucher. Images saisissantes. Ingéniosité humaine jamais démentie.

À l'angle de l'Institut Cervantès

Au croisement de la rue Douvillé et de la rue des Chalets, en février, après bien des jours sans avoir vu personne à part notre voisine d'en face par la fenêtre, nous sortons pour nous dégourdir les jambes. Il fait un froid vif. En approchant du bout de la rue, une haute et fine silhouette, très droite sous un chapeau, s'est immobilisée pour nous attendre, semblant se demander si nous sommes bien qui il pense. Devant sa perplexité, je décolle prestement mon masque, levant les doutes, mais avec la sensation curieuse de faire un geste impudique. C'est notre ami peintre et philosophe, pas vu depuis plusieurs semaines, avec qui nous allons avoir le plaisir de parler un moment au coin de la rue. Il me demande : « Vous ne m'aviez pas reconnu ? » Je réponds quelque chose d'absurde, comme d'habitude « Non, j'hésitais à cause de cette écharpe que je ne vous connaissais pas ». Pendant l'entretien, à défaut du visage du philosophe, je regarde les mains de l'artiste, rougies par le froid. Le masque nous réduit à un ou deux traits principaux, pas plus.

Créativité

À côté des O. S. du masque (les masques dits chirurgicaux, bleu pâle), d'une grande banalité, l'imagination est au pouvoir, non seulement dans les foyers possesseurs de machines à coudre (recrudescence de la demande en ce genre d'équipement), mais chez les nombreuses petites entreprises de textile reconverties dans la confection de cet accessoire essentiel, sans oublier la production, plus marginale, de modèles « chics » conçus par quelques griffes célèbres comme Dior.

L'humour ne pouvait pas manquer. On a pu croiser des masques avec, sur fond blanc, une énorme bouche souriante bordée d'obscènes lèvres rouge vif encadrant des dents très blanches, ou encore des masques ornés de têtes de mort. On a vu des masques avec un petit lapin, avec un paysage d'apocalypse, avec des fleurs stylisées ou des fleurettes champêtres. On a vu, à Washington, à l'investiture de Joe Biden, le 20 janvier 2021, un modèle décliné à l'infini, le masque *trendy* en tissu noir satiné, très bien coupé, porté par des invités triés sur le volet. En vente sur Internet, on trouve le masque transparent en silicone, censé pouvoir conserver la vue sur votre inoubliable sourire, masque qui donne l'impression de voir un poisson rouge derrière la paroi bombée d'un bocal.

Ce sont de petites soupapes libératrices, qui permettent d'échapper à l'uniforme du masque standard et d'apprivoiser une mesure sanitaire austère et dépersonnalisante. Toutefois, la majorité des personnes, faisant fi de toute recherche vestimentaire intempestive, porte les masques industriels bleus basiques (ceux qu'on trouvait, soit dit en passant, dans le monde d'avant, dans les magasins de bricolage), ou parfois, pour les plus précautionneux, quelques FFP2 blancs dits « masques canards ». Ces derniers offrent, dit-on, 97 % de protection au lieu de 95 % : les 2 % qui font la différence ! Les masques en disent plus long sur leurs porteurs que ne l'auraient fait des visages découverts croisés fugacement.

Manspreading

L'une des cibles préférées des féministes – à juste raison –, est l'attitude relâchée, jambes trop écartées, qu'adoptent beaucoup d'hommes, qu'ils soient assis dans un fauteuil, dans l'autobus ou le métro. Le port du masque sous le nez serait, selon le journaliste James Gorman (*New York Times*), assimilable au *manspreading* qui sous-entend une pensée du genre de « Je me le permets parce que je suis un homme, j'occupe l'espace, moi ». Le journaliste propose donc de baptiser « *manslipping* » (synthèse de *man* et de *mask slipping* 'masque qui tombe') cette façon particulière de porter le masque, puisque ces hommes laissent glisser leur masque sous le nez sans aucune justification si ce n'est leur bon vouloir. Cette fine observation sociale du journaliste américain a été faite à l'issue de la cérémonie d'investiture de Joe Biden, où chacun a pu observer que la très grande majorité des personnes qui portaient le masque sous le nez étaient des homme.

« Mais les femmes en jean pratiquent largement la posture du *spreading* », dit Alain. Question : celles qui le font mettent-elles aussi leur masque sous le nez ? On attend avec impatience que Jean-Claude Kaufmann lance une recherche sur cet intéressant sujet.

Chez le coiffeur

Chantal a le moral en berne. Elle a appris une mauvaise nouvelle et cela, raconte-t-elle, la rend agressive. Elle m'envoie un SMS : « Samedi, chez le coiffeur, j'ai traité de vieille facho mal baisée une connasse genre prof de collège à la retraite, qui avait commis l'erreur de tenter de me moraliser sur le port du masque, que j'avais enlevé pour le shampooing. J'ai quitté la place tête mouillée mais haute, mais l'épreuve m'a terrassée. Je vois donc revenir le confinement d'un bon œil, ça m'évitera d'avoir à combattre d'autres moulins à vent. »

Une retraitée

25 et 26 janvier. Dans le sud de la France, une plainte est déposée contre un restaurateur à pizzas, accusé d'avoir brutalisé une femme de 75 ans qui tentait de photographier son établissement, dans l'intention manifeste de prouver qu'il était ouvert illégalement après 18 h, contrevenant ainsi aux règles du couvre-feu. Elle souffre de nombreuses ecchymoses au visage. Le lendemain, le fait divers est présenté différemment. Il s'agirait, en réalité, d'une policière à la retraite de 75 ans qui, à demi-dénudée et alcoolisée, a agressé violemment un restaurateur occupé à préparer les pizzas qu'il allait livrer à domicile. La femme, au moment où elle tentait de photographier l'établissement pour montrer qu'il contrevenait au couvre-feu, avait craché à

la figure du restaurateur. Elle s'était même cogné elle-même la tête afin de feindre d'avoir été brutalisée par lui. « La femme », ajoute le communiqué de presse, « n'avait pas le masque ». Circonstance, sans aucun doute, terriblement aggravante...

St Pierre et Miquelon, terre vierge

Ce territoire d'Outre-mer français, situé dans le Golfe du Saint-Laurent, tout proche du Canada, est resté longtemps épargné par le coronavirus, de par son insularité, sa faible population (6000 habitants) et son « climat revigorant ». Le bon air de la mer. Fin janvier 2021, soudain : 4 cas positifs, dont un symptomatique, et 300 cas contacts. Le motif de cette subite floraison : deux médecins du Centre Hospitalier Dunan, fraîchement revenus de leurs vacances en métropole, ont repris directement leurs activités hospitalières sans avoir respecté la mise à l'écart réglementaire (« ils en étaient dispensés vu leur profession », dit, de façon surprenante, le communiqué), donc sans faire la « septaine » exigée, et sans avoir pratiqué de test, ni à leur départ de métropole ni à leur retour sur l'île. Les restaurants et cafés n'étant pas fermés en raison de l'absence totale de cas jusque-là, ces deux médecins ont contaminé la population générale (300 cas contacts) et d'abord, bien entendu, leur famille, et donc, indirectement, le lycée : un des cas déclarés est un lycéen de terminale, qui ayant été en contact avec ses camarades, a entraîné la fermeture de toutes les autres classes de terminale.

Et pourtant, ajoute benoîtement le communiqué, les deux médecins du Centre Hospitalier portaient le masque pendant leurs consultations.

Salut

Alain se penche à la fenêtre de notre appartement qui donne sur la rue, pour respirer une bouffée d'air frais. Un homme le salue : « Ça va ? ». Il répond « Ça va », et commente, en se tournant vers moi « Comme il est masqué, je réponds 'Ça va', mais je ne sais pas qui c'est ».

Le confit ne ment jamais

Á côté du restaurant « *Les pieds sous la table* », fermé pour cause de pandémie, s'est ouvert une très jolie petite épicerie à l'ancienne, décor baba cool avec des caisses en bois, des comptoirs rustiques, des sacs de jute, des panneaux écrits à la craie, noix, fromages, foies gras. L'épicière est, m'a-t-on dit, la mère de la restauratrice. Magasin et restaurant, tout cela fonctionne gentiment en symbiose. Mais en ce moment, c'est l'épicerie seule qui est ouverte, l'un des quatre ou cinq magasins de charme censés redorer le blason du quartier Arnaud Bernard. L'épicière est souvent sur le pas de sa porte, masquée au dessus de ses frisettes soixante-huitardes poivre et sel, et taille un brin de causette avec ses voisines commerçantes désœuvrées, des magasins « *Bohem Bio* » et « *Le chat et l'oiseau* ».

Sur la porte de l'épicerie, un gros autocollant rouge et rond, de la taille d'un panneau de « sens interdit » proclame fièrement : « Le confit ne ment jamais ». Enfin une certitude.

Des regards féroces et balayants

C'est un fait, depuis que la population est masquée, dans la rue on ne regarde plus les autres de la même façon. On ne regarde que les yeux, mais beaucoup plus intensément qu'à l'accoutumée. Une sorte de consultation visuelle, chaque fois que l'on croise quelqu'un. Des regards, parfois, féroces et balayants « Vous n'allez pas me passer trop près au moins ? ». Depuis que le « variant anglais » si distingué, mais, dit-on, tellement plus contagieux, est arrivé, la règle de distanciation s'est élargie à deux mètres au lieu d'un. Pas question de se frôler.

L'anesthésiste qui aimait la littérature espagnole

Dans des temps lointains, et ça, c'était il y a quatre ans, les masques chirurgicaux ne se portaient que dans les hôpitaux. Me retrouvant couchée sur un brancard dans la « salle d'attente » avant de passer au bloc opératoire, j'ai vu se pencher sur moi un regard jeune et souriant, sur un visage masqué de bleu, mais que je devinais joli, et qui, sans doute pour me faire patienter, ai-je pensé, me demanda qui j'étais dans la vie et ce que diable je faisais là. Lui ayant répondu que j'étais professeur d'université à la retraite, et ayant précisé, à sa demande, dans quelle matière j'enseignais, l'espagnol, elle me dit avec de l'enthousiasme dans la voix, qu'elle adorait justement la littérature espagnole, et qu'elle serait très contente, vu que j'étais spécialiste, si je voulais bien lui recommander un livre que je juge très bon. J'avais un peu la tête ailleurs, j'ai eu la plus grande peine du monde à me souvenir de noms d'écrivains, mais j'ai fini par lui conseiller Javier Cercas, *Les soldats de Salamine*. Elle m'a fait répéter, pour bien mémoriser, puis s'est précipitée au vestiaire pour le noter, elle avait peur d'oublier, dit-elle. Cette consultation littéraire spontanée et inattendue m'a tellement enchantée, que je suis entrée en riant dans la salle d'anesthésie.

Le chien

Monsieur Bou s'étant effacé du paysage de la rue, il reste son chien, qui a trouvé auprès de Dany, l'aide ménagère qui s'occupait de son vieux maître, un très favorable changement. Certes, il ne dort plus dans un lit, comme il faisait avec monsieur Bou, mais, en échange, il a droit à six promenades par jour, a perdu trois kilos, a reçu une très jolie « coupe de cheveux » (Dany était coiffeuse, pas besoin d'aller chez le toiletteur), ce qui fait que cet horrible chien obèse et hirsute arbore désormais une ligne élégante (dans les limites du possible) et un poil inespérément dru, quoique toujours d'un gris peu seyant. Grâce au chien de monsieur Bou, nous identifions de loin Dany, dans la rue, car avec le masque, ni elle ne nous reconnaît ni nous ne la reconnaissons. Dans les rues, on se reconnaît désormais par le chien.

Bleu ou rose

Une famille au complet se promène dûment masquée, rue d'Alsace, parents, grands-parents et le tout petit rejeton, encore un peu branlant sur ses jambes, 2 ou 3 ans, chaudement enveloppé (nous sommes fin janvier) dans une vaste doudoune bleu pâle, bonnet et petit pantalon assortis. Sur ses joues rebondies, un joli masque rose. Alors, finalement, garçon ou fille ?

Sentiment d'appartenance

Les solitaires ne se sentent plus isolés : ils ont enfin trouvé leur place dans la grande famille du masque. La *familia grande*, comme aurait dit Camille Kouchner. Les fragiles se sentent entourés d'autres fragiles et non plus écrasés par les forts. 60 % des Français aspiraient sincèrement au troisième confinement. Maryse et Chantal s'en réjouissaient déjà. Ceux qui ont été confinés toute leur vie n'en souffrent pas, les solitaires ne craignent pas la solitude, les infirmes l'immobilité, et ceux qui souffrent des yeux, ne sont pas privés de ne point sortir voir le monde. Le port du masque est un élément de reconnaissance qui, finalement, réunit foule de gens dans un vaste consensus.

Un cri sauvage, rue de la Balance

Deux frères d'environ 18 ans, l'un tenant l'autre par la main, rue de la Balance. On entend d'horribles cris, des cris inhumains. Les passants cherchent d'où viennent ces hurlements d'enfant coléreux hystérique ; mais pas de jeune enfant dans les parages, les cris atroces ne peuvent que sortir de dessous le masque de l'un de ces deux jeunes hommes. Lequel ? Difficile à dire. À part les cris, et une fois que ceux-ci ont cessé, tous deux semblent désormais impassibles sous le masque.

Humour de bas étage

1er février 2021. Sur les stations de radio, grasses plaisanteries : un journaliste facétieux, sur une vidéo, fête avec un mini-gâteau à une seule bougie le premier anniversaire des sottises les plus retentissantes d'Agnès Buzyn, du type de « Les masques bleus ne sont d'aucune utilité », etc. Insertion de plans repoussants où l'on voit des visages de journalistes femmes hilares, en guise de ponctuation de ce petit montage mémoriel et festif d'une vulgarité populiste inégalée, mais, après tout, le sujet s'y prête.

DRH

1er février 2021. La procureure de Mulhouse, qui semble faire ses premières armes devant les caméras tellement elle accumule maladresse sur maladresse, rapporte la tentative d'assassinat dont a été victime à son domicile un DRH de sa région. Elle décrit, avec force mouvements désordonnés des mains et en tripotant constamment son masque, sans même être capable de citer les événements dans l'ordre chronologique, la tentative de meurtre. L'agresseur s'est présenté avec un masque chirurgical, se faisant passer pour un livreur de pizza. Tirant à bout portant, il rate sa victime, son arme, cachée sous la boîte à pizza, ne lui ayant pas permis de viser correctement. Il s'enfuit. La victime le poursuit « en chaussettes », souligne avec admiration la procureure, se bat avec l'agresseur, lui arrache son masque et ses lunettes, mais ne réussit pas à l'empêcher de s'enfuir. Il poursuivra sa route criminelle et tuera ensuite pour de vrai deux femmes, DRH aussi. Des traces d'un ADN unique sont retrouvées sur le masque et les lunettes, et permettent d'affirmer que cet homme et celui qu'on appelle déjà « le tueur de DRH », ne sont qu'une seule et même personne.

Il avait donc une autre paire de lunettes et des masques de rechange : une lourde préméditation !

Divers professeurs de médecine médiatiques soulignent avec insistance, depuis quelques jours, la dégradation de l'état psychiatrique de la population et suggèrent au gouvernement d'accorder moins d'attention aux éléments sanitaires qu'à la santé mentale des Français.

Sous les masques, l'humidité

Les marques de cosmétique ont sauté sur l'opportunité, et proposent une nouvelle sorte de produits « à mettre sous le masque, pour éviter les désagréments cutanés : acné, etc. » De l'humidité, sous le masque, il y en a ! D'autres ingénieux inventeurs proposent sur Internet un dispositif rigide qui éloigne le masque de la bouche et « vous permet de respirer sur les côtés ». Bruno Latour, dans son dernier livre, confus à souhait, intitulé *Où suis-je ?*, décrit la population haletant sous le masque. MPC affirme, péremptoire, « Non, le masque ne nous prive pas d'oxygène », mais le ressenti exprimé par les vieux insuffisants respiratoires et même les vigoureux cyclistes n'est pas tout à fait celui-là. Ce qui est certain, c'est que, même si l'organisme compense et maintient le niveau d'oxygène dans le sang (on peut vérifier avec le nouveau gadget chinois à la mode, l'oxymètre, qui vous pince gentiment le bout du doigt pour vous rassurer), il en coûte quand même un effort supplémentaire pour respirer, avec essoufflement et rythme cardiaque augmenté. Cela m'a fait une sensation proustienne, l'autre jour, quand mon nez s'est mis à couler sous le masque, avec la fraîcheur de la rue. Manœuvre complexe et difficilement discrète, que de soulever le masque « sans le toucher » et de se moucher « avec un mouchoir à usage unique ». La tentation est grande de rester comme ça, le museau mouillé, en écoutant ressurgir du fond d'une mémoire perdue la sensation de la chandelle de morve de la petite enfance.

Exhibitionnisme nasal

La scène se passe chez Gibert, rue du Taur, librairie particulièrement étouffante et polluée avec ses étages pleins de monde. Les hommes, bien sûr, toujours le masque sous le menton ou sous le nez. MPC aimerait pouvoir leur dire : « Monsieur, vous ne me montrez pas votre sexe, j'aimerais bien ne pas voir non plus votre nez ». « Mais », ajoute-t-elle, « si on dit ça, il faut avoir la possibilité de partir très vite, après, en vélo, par exemple. »

Dispense

Il y a ceux qui, tout le temps qu'ils passent dans la rue, fument ou vapotent, ou grignotent, ou parlent au téléphone pour avoir un bon prétexte de ne pas porter le masque.

Nouveaux nez

Sous le masque, surtout si les brides sont bien serrées, presque tous les nez deviennent busqués et, après dépose du masque, le cartilage nasal, souple, garde encore une légère courbure pendant un moment.

Individus masqués

Hier, trois individus masqués ont fait irruption dans l'agence du Crédit Agricole de Marmande Ouest. L'un venait ouvrir un compte, le second faire un retrait de 50 euros (c'est la crise), le troisième demander à voir un conseiller financier pour contracter un emprunt.

Brève

L'agence de la Banque Populaire Grand Ouest, 28 rue de la République à Fontenay-le-Comte, a été victime avant-hier d'une tentative de hold up, de la part de deux individus masqués. L'un portait un masque chirurgical, le deuxième un masque FFP2, le troisième un masque artisanal à fleurettes. Les malfaiteurs, qui se sont enfuis sans avoir le temps de commettre leur forfait, courent toujours.

Le cordonnier, le plus mal chaussé

Le 6 février 2021, on apprend avec stupéfaction qu'à compter de ce jour et « sur décision du Préfet », « le port du masque est rendu obligatoire sur l'ensemble du département de la Moselle pour tous les habitants de plus de 11 ans ». Nous, gens du Sud, bêtement, nous pensions que dans ce haut lieu de la pandémie, au taux de contagion record, le port du masque était obligatoire partout et depuis longtemps. Mais où ont-ils la tête ?

Archéologie littéraire

Il y a très, très longtemps, en 2013, le roman *Au revoir là-haut*, de Pierre Lemaitre, a obtenu un certain succès auprès du grand public, et même, le Goncourt. L'un des personnages principaux, Gueule cassée des tranchées de la Grande Guerre, porte un masque pour occulter les ravages d'une explosion d'obus sur son visage. Ce matin 7 février 2021, un journaliste a rappelé ce roman en faisant allusion à l'actuel port du masque. Serions-nous tous un peu désormais des « Gueules cassées » ?

Qui « même » me suive

Emmanuel Macron, dans un but pédagogique, se fait photographier faisant les gestes barrières. Nous sommes censés avoir envie de l'imiter. Plus tard, le premier ministre Jean Castex se fera filmer pendant qu'on lui inocule le vaccin AstraZeneca. Plusieurs « petites mamies » (termes employés par le journaliste) porteuses de masques et vivant en maison de retraite ont réclamé le *même* vaccin.

Skippers

Revenu de son tour du monde à la voile en solitaire, Romain Attanasio, skipper classé quatorzième au Vendée Globe, fait la traditionnelle conférence de presse des navigateurs à leur arrivée (7 février 2021). Dans l'assistance, tout un groupe d'enfants ; les camarades de classe de son fils Ruben, 10 ans, posent des questions marrantes : « C'était bon, tous les Kinders et les Balistos que tu avais emportés à bord ? », « Quand est-ce que tu vas faire grimper la maîtresse au mât ? ». Gros éclats de rire des petits farceurs. Le skipper demande « Je ne sais pas si tu souris sous ton masque ». Pas l'habitude, après 90 jours solitaires, à respirer librement en mer.

Masques vénitiens

Cette année, les plus célèbres carnavals du Monde (Rio, Nice) ont été annulés en raison de la pandémie, mais pas totalement celui de Venise (prévu du 6 au 16 février 2021) qui, devant le décret d'annulation des festivités, a opté pour une diffusion en direct en streaming sur Televenezia, depuis le Palazzo Vendramin Calergi. Déjà l'an dernier, la ville avait senti la nécessité de s'adapter, en stoppant prématurément les festivités pour freiner la propagation du virus. La stratégie de communication numérique va permettre de continuer à admirer les célèbres costumes et masques vénitiens, cela nous changera des masques « sanitaires ». Mais diffuser quoi, au fait ? La soirée privée intitulée « Le bal des courtisanes du Doge », à 600 euros le *Dinner ticket*, avec costume fourni et service maquillage ?

30 nuances de masques

Un jeu amusant, lorsqu'on déambule dans le vieux centre de Toulouse, où la densité humaine permet de riches observations sociales : se munir d'une montre chronomètre, ou au moins avec trotteuse, et compter, en une minute, combien de façons de porter le masque on croise pendant ce laps de temps. Ce matin, en trente secondes, j'ai croisé quatre masques, portés tous les quatre sous le nez, mais avec d'intéressantes nuances : 1) juste sous les narines ; 2) à mi-chemin entre le bord des narines et le haut de la lèvre supérieure ; 3) juste au-dessous de la lèvre supérieure, mais couvrant réglementairement la lèvre inférieure ; 4) enfin, couvrant intégralement le menton, mais effleurant tout juste le bas de la lèvre inférieure. Il s'agit, dans tous les cas, de porteurs de sexe masculin, dont la créativité en ce domaine semble supérieure à celle des femmes. Celles-ci mettent leur masque correctement (disciplinées, elles « croient en la science »), ou carrément sous le menton, lorsqu'elles sont rebelles. Manque de nuances chez elles, sans doutes.

Élégance naturelle

Dans les mille et une façons de porter le masque, on peut aussi l'accrocher en pendentif à l'oreille, comme ce masque chirurgical, non pas bleu mais vert (un véritable masque hospitalier ?), vu ce matin exhibé avec grâce par un très grand jeune homme vêtu d'un blouson de peau, qui déambule noncha-lamment dans la rue Baour Lormian. Le mouvement régulier et doux du masque se balançant au rythme de ses pas a quelque chose d'aérien et de fascinant. De féminin, aussi.

Charme de la transgression

Le charme de la transgression un peu facile, du genre de « J'ai bravé le couvre-feu », est illustré par la journaliste Géraldine Mosna-Savoye et sa voix nunuche d'élève appliquée de classe de CP (billet du 09 02 2021, « Carnets de philo », France Culture, juste avant 9 h). Elle nous fait part de cette profonde pensée philosophique : tout porteur de masque qui ne le porte pas de façon standard a l'impression de commettre une véritable transgression, minuscule certes, mais on est quand même un rebelle, un héros de la résistance aux injonctions sanitaires gouvernementales, qui, comme on le sait, sont liberticides.

Mona Lisa

Sur un site d'artistes peintres, un montage pictural humoristique, avec Mona Lisa portant le masque. En l'absence du fameux sourire, les yeux du regardant se portent non pas sur le regard aux sourcils chauves de Mona, mais sur le décolleté, puis sur les mains, c'est-à-dire sur les taches les plus claires du tableau. Le *punctum* se déplace vers des lieux intéressants.

Un rêve de visage

Toujours dans le billet matinal pseudo-philosophique de la jeune Mosna-Savoye, je relève que le masque donnerait la sensation d'être « bâillonné, demi puni » (pourquoi demi ? À cause du visage coupé en deux ?), et nous laisserait « privés de la palpitation des visages ». Et l'imagination, alors ? Quel visage sublime, intelligent et sympathique ne peut-on pas supposer sous le masque que l'on rencontre ! Croisée ce matin rue de Sébastopol, une jeune fille très, très laide avait son masque plaqué sous le menton. N'aurait-il pas été préférable qu'elle l'eût mis sur son visage ? Quant à la sensation d'être bâillonné, si l'on en croit les adolescentes qui bavardent entre elles en bandes joyeuses dans la rue, il n'en est rien, les paroles savent très bien frayer leur chemin là-dessous, et les rires fusent gaiement sans obstacles.

Ceinture et bretelles

10 février, on lit dans *Libération* : « Les autorités de santé américaines préconisent de superposer deux masques. Porter deux masques ou un masque très ajusté permettrait d'être mieux protégé contre le Covid-19, selon une étude des Centres américains de prévention et de lutte contre les maladies (CDC), la principale agence fédérale de santé publique aux États-Unis : « Nous savons que le masque classique fonctionne, mais maintenant que le variant circule, plus nous ajusterons nos masques, plus ils nous protégeront, plus vite nous pourrons mettre fin à cette pandémie ». En janvier, les CDC ont fait des simulations en laboratoire sur la réduction

des fuites, lorsqu'on porte un masque en tissu superposé à un masque chirurgical aux élastiques noués près des bords, qui eux-mêmes sont repliés vers l'intérieur. Alors que le masque chirurgical non noué et le masque en tissu ne bloquent que 42 % et 44,3 % respectivement des aérosols dispersés par une toux, la combinaison des deux monte à 92,5 % de protection. Satisfaction technocratique Et, comment respire-t-on, là-dessous ?

Retour au bercail

Les skippers du Vendée Globe sont de retour. Ils arrivent de façon échelonnée après avoir passé de 80 à 96 jours au large. Une foule maigrelette, en comparaison avec les éditions antérieures de la course, les attend sur le quai des Sables d'Olonne. La première fois qu'ils remettront un masque sur leur visage, quelle étonnante impression après tant de journées à respirer librement... Pour la conférence de presse, on leur laisse, dernier privilège avant le retour aux règles de l'insociable sociabilité, le visage libre.

Conversation

Hier, visite chez Rougié et Plé, place Esquirol, pour acheter des fournitures de dessin. Devant le rayon des craies et sanguines, où je m'attarde en hésitant un peu, une dame d'environ 75 ans, masquée, en veine de contacts humains, montre au vendeur des dessins de thème oriental qu'elle a faits récemment. Voyant que je cherche des craies, elle s'adresse à moi pour me dire que, elle, elle ne se sert pas de ça, mais de crayons spéciaux, « trois en un », elle nous les montre, on peut les utiliser comme des pastels et aussi diluer avec de l'eau. Nous la complimentons pour ses dessins, elle nous explique qu'elle les cire avec un chiffon, les dessins sont pour son voisin maghrébin, elle nous demande où on habite, elle n'habite pas loin de là, mais sa fille est au Canada, ses petits-fils, elle préfère ne pas les voir, vu la mentalité qu'ils ont, les jeunes, au jour d'aujourd'hui, plutôt que de s'acheter des fournitures de dessin, ils préfèrent s'acheter de la bière. Le couvre-feu à 18 heures, ou même le confinement, elle, ça ne la change pas vraiment, parce qu'elle vit naturellement confinée, mais elle ne s'ennuie jamais, regardez un peu ces étudiants qui dépriment parce qu'ils ne peuvent pas se distraire, ils restent trop longtemps dans leur chambre, de quoi se plaignent-ils, après tout, ça leur laisse tout le temps pour travailler, en plus, ils ont des repas à un euro, et ceux qui disent « J'ai envie de me suicider », comment est-ce possible ? Ils n'ont pas de couilles, ces étudiants... En trois minutes, elle nous dit tout, sa vie, ses opinions. Si elle n'avait pas été masquée, se serait-elle épanchée comme cela ? En la quittant, nous savons tout sur elle, mais n'avons aucune idée de son visage et, dans cinq minutes, nous ne la reconnaîtrons pas dans la rue.

Calembours

José essaie d'égayer comme il peut le quotidien de ses correspondants, retraités comme lui, en leur envoyant blagues, vidéos et plaisanteries variées, collectées un peu partout. Tout le monde a un peu fait ça pendant le premier confinement, mais lui, il le faisait bien avant et a donc continué pendant et après.

Aujourd'hui, 13 février, les masques sont le sujet. Son message du jour propose des définitions de la novlangue :

« Airgasme » : jouissance ressentie lorsqu'on retire son masque.

« Masquaraz » : port du masque sous le nez.

« Mascarpogne » : tenir son masque à la main.

« Solimasquer » : se rendre compte que l'on a conservé son masque, alors que l'on est tout seul chez soi.

« Démasquiller » : faire une économie non négligeable de maquillage, notamment de rouge à lèvres.

« Mascarade » : se dit du marin qui a oublié son masque sur le bateau.

« Mascapone » : quand la Mafia vient déménager ce qui chez vous est non essentiel.

« Balaismasque » : se dit quand l'élastique du FFP2 a pété.

J'aime bien « airgasme » et « solimasquer ».

Décathlon et la Haute autorité

Le 14 février, jour de la Saint-Valentin, un post sur France Info Live nous apprend que, selon

France Bleu Nord, « la marque Décathlon a reçu le feu vert de l'Afnor pour produire un masque permettant la pratique du sport. Il lui faut encore attendre pour obtenir un avis favorable de la Haute autorité de santé et du ministère »

Casuistique du masque

La décision du port du masque généralisé est laissée, dans les départements, à la discrétion des préfets, pour octroyer une certaine flexibilité locale. La tentation est grande, cependant, dans un but de simplification, d'imposer ce port partout sur la voie publique. Mais les préfets peuvent aussi limiter ce port obligatoire aux zones de forte densité humaine (zones piétonnières comme la fameuse rue Ste Catherine à Bordeaux, marchés, manifestations, sorties d'écoles, etc.). Parfois, c'est le maire qui a obtenu une dispense pour toute sa commune. L'une de ces exceptions est la ville de Dunkerque. Mais cette agglomération, particulièrement exposée au variant dit « anglais », se trouve avec un taux d'incidence très élevé dû à l'hypercontagiosité du variant. Le port généralisé n'est pas pour autant imposé dans la ville du Nord. La ville de Dunkerque se contente ainsi d'adopter, à partir du 16 février, des mesures renforcées s'appliquant dans les lieux publics de forte densité. Le sociologue Jean-Claude Kaufmann souligne dans son dernier ouvrage (*C'est fatigant, la liberté...*, Éditions de l'Observatoire, 2021) que l'exercice d'une liberté démocratique croissante entraîne mathématiquement la multiplication des règlements.

Préfète déboutée

Le 16 février 2021, alors que toute la France a adopté, sauf quelques rares communes, l'usage généralisé des masques dans l'ensemble des lieux publics, et que les Français sont familiarisés malgré eux avec les masques depuis un an, le Tribunal administratif de Toulouse a reconnu l'« illégalité de l'arrêté du 20 janvier 2021 par lequel la préfète de l'Aveyron a imposé le port du masque sanitaire dans l'ensemble des lieux publics du département, pour les personnes de onze ans et plus, jusqu'au 31 mars inclus ». Pour arriver à cette décision judiciaire, il a suffi qu'UN habitant de l'Aveyron saisisse le Juge des référés, s'appuyant sur la faible densité du département et sur la mesure récente d'un taux d'incidence de 145,5 pour 100 000 habitants, soit 0,14 %, taux nettement inférieur à la moyenne nationale (190) et régionale (183,6). Le tribunal a précisé : « Ces circonstances locales ne permettent pas d'établir la nécessité d'une obligation générale du port du masque sur les voies publiques et dans les lieux publics de la totalité du département, [...] vu que la forte densité de population relève de l'exception en Aveyron ».

L'Aveyron, paradis où l'on pourra continuer à se promener sur le bord des routes en respirant à pleins poumons, sans risquer une amende de 135 euros. *Divina libertad* !

Déjà, fin décembre 2020, en Ariège, département où l'on semble tenir aussi à sa liberté respiratoire, la juridiction administrative avait établi qu'une telle imposition du port généralisé était « une atteinte disproportionnée » à la « liberté d'aller et venir et au droit de chacun au respect de sa liberté personnelle ».

Toutes ces tergiversations et dérogations sont-elles responsables du port fantaisiste généralisé du masque, dans les zones où il est, en théorie, obligatoire ?

Rangement

Il n'est pas rare de voir, dans une voiture stationnée, un masque suspendu au rétroviseur intérieur central, là où l'on voit pendouiller d'habitude des amulettes en tout genre. Rendant visite à Maryse, je découvre, accroché à l'abat-jour de son mythique lampadaire IKEA, lieu privilégié de ses lectures, une étonnante grappe de cinq ou six masques bleus. « Je ne sais pas où les mettre » dit-elle.

Mais les campagnes publicitaires destinées à éviter la dispersion des masques sur la voie publique semblent porter leurs fruits : on n'en voit pas beaucoup flotter dans les caniveaux.

Non-respect des règles sanitaires

Il est dix heures du matin au carrefour de la rue Alsace et du Boulevard, un lieu de rendez-vous commode. La foule attend le passage au feu vert. À quelques mètres, une fille et un garçon, jeunes, bien vêtus, allure d'étudiants de famille distinguée. Ils sont grands, dépassent la foule d'une tête, se tiennent très droits, se font face de très près, les yeux dans les yeux, enlèvent brusquement leur masque et s'embrassent longuement à pleine bouche.

Nouvel objet de consommation

22 février, Internet nous informe qu'il existe « sur le marché » de nombreux types de masques virucides, certains déjà disponibles en officine ou en ligne. Mauvais souvenir laissé par le masque proposé par la marque DIM l'an dernier, qui contenait des composants toxiques pour l'homme (deux biocides, la zéolithe d'argent et de cuivre, toxicité reconnue en octobre 2020 par l'Anses). Désormais, il y a un vaste choix de masques virucides contrôlés.

Dans l'un d'eux, le virucide n'est autre que de l'acide citrique. Dans tous ces masques, l'une des couches protectrices, imbibée de divers produits, élimine 99,5 % du SARS COV 2 et, dans la foulée, nombre d'autres virus ou bactéries. Certains modèles peuvent être portés longtemps. On peut les tripoter avec les doigts sans risquer de les contaminer. Baccide est disponible en officine, qu'on se le dise... Mais bien d'autres marques sont déjà ou seront bientôt sur le marché : Cidaltex, Livinguard, Paul Boyé Technologies (de la fabrication locale, à Labarthe-sur-Lèze), ou le Molecular Plasma Group, masque à l'acide citrique. L'embarras du choix, en somme, et une délicieuse sensation que la technologie veille au bien-être des foules.

Masque opportun

Si vous êtes en traitement dentaire, par exemple pour poser un implant, et que votre dentiste vous demande, pour une raison médicale, de ne pas insérer tout de suite la prothèse, vous pouvez très bien profiter du port du masque pour vous promener sans même poser le petit postiche esthétique prévu habituellement à cet effet. Mais si l'on vous invite de façon improvisée à partager un morceau de tarte-maison, alors le manque est bien visible, mais finalement sans dommage pour la beauté du sourire, et même, cela a un petit côté authentique non dépourvu de charme.

Au coin de la rue

Alain va acheter du pain au marché Victor Hugo. Au croisement de la rue des Chalets, il trouve un ami qui va acheter sa presse au kiosque, rue Alsace. Ils cheminent un bon moment ensemble. Ils parlent. J'ai quelques inquiétudes sur le contenu de ces conversations. Je demande à Alain : Et comment vous êtes-vous reconnus ? Il me répond : Je me demandais si c'était lui, il se demandait si c'était moi.
Du Montaigne dans le texte !

Faits-divers aux Sables d'Olonne

On peut lire, dans les Google News du 25 février 2021, un récit fascinant signé du journaliste Brendan Martineau et tiré du journal « Les Sables, Vendée Journal », où il avait été publié le 23 février : Titre « *Les policiers municipaux des Sables d'Olonne ont procédé à trois contrôles de jeunes adolescents ne portant pas de masque. L'un d'entre eux s'est plus que rebellé* ». Texte de l'article : « *Lundi 22 février, un équipage de la police municipale des Sables d'Olonne, en patrouille près d'un établissement scolaire de la ville, constatait la présence de deux jeunes individus non-porteurs d'un masque de protection sanitaire. Or, comme l'indique l'arrêt préfectoral toujours en cours en Vendée, le port du masque est obligatoire sur l'ensemble du département jusqu'à nouvel ordre.*

Les policiers municipaux descendaient alors de leur véhicule et procédaient sans incident au contrôle des deux jeunes contrevenants. C'est alors que se présentait un troisième adolescent, lui aussi démuni de masque.

Des insultes outrageantes

Mais contrairement aux deux premiers individus, ce troisième jeune homme, âgé de 13 ans, refusait le contrôle et invitait verbalement les agents municipaux à entretenir « des relations intimes hors nature avec leurs propres mamans », dixit une source policière.

Le jeune adolescent était donc interpellé et présenté à l'Officier de Police Judiciaire de permanence du commissariat de police des Sables d'Olonne. À cause de sa minorité, il était remis à son représentant légal.

Il devra s'expliquer prochainement sur son comportement outrageant. »

On apprécie l'humour et le maniement de l'euphémisme chez ce rédacteur, qui laisse présager pour lui un futur littéraire aussi brillant que celui de Jean Rouaud qui, lui aussi, avait commencé à écrire dans la rubrique de faits-divers d'un grand quotidien de l'Ouest, avant de devenir le Goncourt que l'on sait.

Belgique

Le 25 février, on apprend que les masques de marque Avrox – suspectés de contenir des nanoparticules d'argent et de dioxyde de titane –, distribués gratuitement par les autorités fédérales qui en ont commandé 15 millions au fabricant, sont l'objet aujourd'hui d'un communiqué du Ministère de la Santé belge demandant de ne plus les utiliser en raison de leur risque de toxicité avéré sur les voies respiratoires.

Suivie…

Hier, traversant avec moi le jardin public Compans Caffarelli plein de monde, Alain me dit « Il te suit ». Je me retourne. Un joli bambin de 2 ans, emmitouflé dans sa doudoune orange, me poursuit avec enthousiasme en trottinant derrière moi avec un visage plein d'espoir. Ma tenue passe-partout, parka noire et pantalons bleu marine, et surtout mon masque, ont permis cette méprise : même tout près de moi, il croit encore que je suis sa mère, qui doit porter le même masque, de modèle courant. Sa grande sœur de 5 ans, dûment mandatée, vient récupérer le petit étourdi.

Sentiment d'allégresse d'avoir été suivie et choisie, même par erreur, par cet enfant mignon. Je continue la promenade le cœur léger et plein de gaîté.

Regards

Un visage non pas défiguré, comme disent certains, mais simplifié par l'usage du masque, donne toute sa puissance au regard. Tous les gens croisés dans la rue, sans exception, qu'ils soient à pied ou en vélo, jettent un regard interrogateur, se demandant : Je le (ou la) connais ? Ces regards inquisitoriaux, qui auraient été dérangeants dans le monde d'avant, sont devenus la norme. C'est aussi peut-être par crainte de ne pas saluer quelqu'un que l'on connaît bien.

Invisible

Au cours de mon trajet habituel de courses, ce matin, je croise le cantonnier du quartier, puis l'un de mes voisins proches, et je les salue chacun de façon très audible. Aucun des deux ne me répond. Transparente. Gros malaise, je n'existe pas.

Non-anecdote

Je demande à Louise si elle a des histoires de masques à me raconter pour enrichir ma collection. Elle me répond : « Oui, le jour où j'ai failli m'étouffer dans ma plaidoirie ; mais ce n'est pas une histoire drôle ».

Petit salut de la main

Revenant d'une course avec un caddy chargé de 15 kg de livres, Alain fonce, masqué, avec moi, au milieu de la chaussée d'une petite rue du quartier des Chalets (rue Claire Paulhac), si peu fréquentée à cette heure-là que l'on n'a pas besoin de rester sur le trottoir. Nous arrivons à un croisement avec la rue du Capitaine Escudié, elle aussi presque déserte. Une voiture se présente cependant, venant de droite, juste au moment où nous allions traverser la rue et, devant la silhouette décidée d'Alain, le conducteur, tout en forçant le passage quand même, nous décoche son plus beau sourire (pas masqué, lui) et agite sa main longuement en guise de petit salut amical ostensible, comme pour s'excuser de nous avoir coupé la route, à nous humbles piétons aux cheveux blancs. Un salut comme en fait la reine d'Angleterre à son peuple, depuis son carrosse. Ce geste sympathique, à la fois propitiatoire « Ne vous fâchez pas, ne m'en veuillez pas si je vous coupe la route », et expression d'excuses contrites « Je vous ai coupé dans votre élan avec votre caddy chargé », c'est grâce à notre port du masque que nous en bénéficions, car ce chauffeur pouvait se poser légitimement la question de ce qu'il y avait dessous : un air furieux ? Une insulte cachée ? Ou un petit sourire conciliant, du genre de ceux que l'on fait fort civilement aux inconnus que l'on croise de trop près dans la rue ?

Factrice

Notre factrice a de très beaux yeux, d'un bleu transparent, qu'elle maquille légèrement de noir pour souligner leur charme ; depuis un an, je n'ai pas vu son visage, et je me rends compte avec effroi que j'ai totalement oublié comment il est. Encore des yeux sans visage. Plus que de ça dans la rue. Cela ne nous empêche pas d'avoir des relations très amicales avec notre factrice, elle nous parle de son petit garçon qui lui a transmis un virus attrapé à la crèche, ce pour quoi elle souffre aujourd'hui d'une extinction de voix. Chaque fois que nous la trouvons, elle s'arrête pour nous parler un moment. J'ai toujours aimé les facteurs en souvenir de mon grand-père qui avait fait deux fois le tour de la terre à pied, au cours de ses tournées dans le village de Marcolès, mais j'aime encore plus les factrices, surtout si affables et avec de si beaux yeux.

Farceur

Un homme a inventé un masque qui lui permet de faire une bonne farce aux forces de l'ordre (infantilisme généralisé actuel). Son masque en trompe-l'œil représente un menton, une bouche, un nez ; de loin, chacun croit qu'il n'est pas masqué, et il attend avec impatience qu'un policier s'approche de lui pour le verbaliser et découvre, surpris, qu'il est dûment masqué et non verbalisable. On s'amuse comme on peut.

D'un masque, l'autre

Très tôt, dans ma vie, j'ai fait connaissance *in situ* avec les masques chirurgicaux et les ai revus régulièrement avec le même désespoir que la première fois. Puis, il y a eu les masques portés dans les Carnavals de l'enfance, sous une pluie de confetti, sur la place de la cathédrale à Auch. Encore un grand saut en avant dans le temps, et l'on passe aux cambrioleurs masqués et cagoulés, rencontrés un jour en pleine action, alors qu'ils attaquaient la caisse dans une station-service où je faisais le plein avant d'aller faire mes cours à l'université du Mirail. Jambes en coton, après. Puis, maintenant, la grande période du masque, l'heure de gloire du masque. Le dernier masque qui se penchera sur moi, sans doutes hors pandémie, ce sera le masque des croque-morts ; mais au moins, celui-là, je ne le verrai pas.

Univers impitoyable

Décathlon et Salomon (la marque de skis, pas le célèbre Directeur de la santé !) se livrent à une compétition acharnée pour la production de masques destinés aux sportifs. Décathlon a fait l'annonce avant, mais Salomon sortira son produit le premier. Un masque particuliè-rement respirant, permettant de ne pas inhaler en circuit fermé son propre CO_2, et doté de structures en synthétique performantes. « Un vrai espoir » commente la ministre Roxana Maracineanu. Deux modèles : été et hiver. Le modèle hiver ressemble à s'y méprendre à une cagoule de cambrioleur, sauf que le front n'est pas couvert.

Jolis minois ?

Certains jolis minois n'aiment pas être cachés aux regards admirateurs. Raison pour laquelle la marque Clearshield a inventé le masque en plastique transparent. Au détriment de toute capacité de filtration (c'est bien leur dernier souci !). Mais je me demande si cela a eu beaucoup de succès : voir un nez baignant dans les gouttelettes de sueur, écrasé par la paroi transparente, et le rouge à lèvres baveux : pas vraiment ragoûtant.

Voisine

Ma voisine d'en face est merveilleuse, je la vois aller et venir quotidiennement dans sa cuisine et elle, de même, ce qui nous fait un environnement non masqué familier et agréable, très rassurant. Pour vivre normalement, il suffit de ne pas sortir dans la rue. Du coup, un jour que je vais avec elle faire une promenade, j'oublie de prendre mon masque. Je m'exclame : « Le masque, je l'ai oublié ! » Une voiture est stationnée là, vitres ouvertes, dans laquelle se trouve un ami d'un locataire d'Alain, algérien. Aussitôt, il m'en brandit un par la portière : « Vous en voulez un ? J'en ai une boîte ». Je refuse, et Alain est d'ailleurs déjà en bas pour me tendre le masque oublié. Je remercie l'automobiliste de sa proposition, me rendant compte, un peu tard, que mon refus a pu le vexer.

L'accessoire de l'accessoire

Où mettre les masques ? Chez Maryse, on l'a vu, accrochés en grappe au lampadaire du salon ; dans la rue, suspendus au rétroviseur d'une voiture, un peu comme ceux que l'on voit pendre négligemment d'une oreille. Face à ce crucial problème de rangement, une entreprise a eu l'idée astucieuse de créer un petit étui élégant en cuir noir pour ranger son masque proprement dans le sac à main.

L'heure fatidique

17 h 30 (ceci, du temps où le couvre-feu était à 18 h).

Des passants au pas pressé, sourcils froncés, concentrés, regard sombre. Regardent au sol, sans même interroger des yeux les passants qu'ils croisent, pratique pourtant devenue systématique aux horaires où la foule est moins pressée de rentrer.

Langage des signes

C'est toujours un effort de parler avec un masque, avec le perpétuel risque de ne pas être compris. Je fais répéter trois fois à MPC ce qu'elle me dit. Autant ne pas même essayer de comprendre et de parler ! D'ailleurs, de plus en plus de gens s'adressent à vous par gestes laconiques. Par exemple, lorsqu'il y a une file d'attente devant un commerce, on vous fait un signe circulaire de la main qui signifie : « J'étais là avant vous. Pour faire la queue, veuillez passer derrière, s'il vous plaît ».

Échanges frontaliers

Des Français ont défrayé la chronique en février, en franchissant massivement la frontière à La Junquera pour fréquenter les maisons closes espagnoles. Ils ne portaient pas de masques et les distances n'ont pas été respectées. *Cluster*, et subséquentes déclarations xénophobes des Espagnols à notre égard.

Soigner sa dépression

Vidéo-interview de jeunes Françaises épanouies qui ont retrouvé la joie de vivre à Madrid. L'une d'elles, sous son masque, confie avoir fait une dépression et être venue se changer les idées en Espagne, où, Dieu merci, les cafés et restaurants sont restés ouverts.

Conseils vestimentaires

Le masque est devenu un vêtement comme un autre. Nombreux conseils sur Internet, pour le porter correctement. Conseils et contre-conseils : « Croiser les élastiques pour éviter la buée n'est pas une bonne idée : le masque baille trop sur les côtés. Raccourcir plutôt les élastiques par un nœud ».

Spécificité

Non, le FFP2 n'est pas fait pour être porté dans la rue de façon continue, mais seulement pour le personnel soignant, et pour de courtes durées, car il gêne pour respirer. C'est un médecin qui le dit. Une contradiction de plus.

Pour toujours ?

Le port du masque deviendra peut-être une pratique durable, si les vaccins ne sont pas pérennes, ou si les variants se multiplient trop.

Comment s'y faire ?

Surprise renouvelée, chaque fois que l'on sort dans la rue : ces gens masqués, là... ??? !!! C'est-y Dieu possible ! Aurait dit grand-mère.

Glauque

Cité des Mazades (« de triste réputation », dit sentencieusement ma voisine, qui connaît tout sur Toulouse) : « Un homme étrangle sa femme, parce qu'elle voulait l'obliger à porter le masque à la maison ». Dans le même ordre d'idées : une grand-mère, dans les Landes, tente d'assassiner ses petits enfants, qui non seulement étaient séropositifs, mais provenaient d'une classe fermée pour contagion Covid-19 et ne portaient pas le masque.

Quelque chose de vrai là-dedans...

Vidéo d'*Arte* (*Le grain de sable dans la machine*), trouvée sur le téléphone le 3 mars.

Bien intentionnée et prêchi-prêcha, comme souvent en ce moment (scénario : le coronavirus, qui s'adresse à nous en voix off, nous rappelle que la pandémie n'est rien à côté de ce qui attend par la suite la population de la planète, et que tout cela est dû au capitalisme effréné). Une série de plans rapprochés successifs, sur cinq visages masqués : la voix off du coronavirus ajoute, sur un ton condescendant et dubitatif : « Je vous ai bâillonnés, je vous ai coupé la parole, mais finalement qu'aviez-vous de si important à dire ? »

Chez le coiffeur

Autre séquence du film : chez le coiffeur, suite de plans rapprochés de profil, sur des dames d'un certain âge en train d'être shampooinées, qui expriment diverses protestations, du genre de « On a l'impression d'être gouvernés par des amateurs », etc. Une femme à l'allure bien sous tous rapports, explose : « Cette saloperie de masque, je n'ai qu'une envie, c'est de le foutre en l'air ».

Carnaval à Toulouse

Le dimanche 7 mars, quartier Bonnefoy, à Toulouse, 1000 personnes, familles, enfants, se rassemblent pour fêter Carnaval, bravant l'interdiction municipale, sans que les forces de l'ordre réussissent à dissiper la foule... Google News précise laconiquement : « Ils portaient des masques non chirurgicaux ». Humour covidien ! Question à poser sans rire au Professeur Delfraissy, président du Conseil Scientifique : jusqu'où va le rôle protecteur des masques de Carnaval ?

Petit bénéfice

9 mars 2021. Le Bundestag a dû se séparer aujourd'hui, la mort dans l'âme, de deux de ses députés conservateurs qui avaient reçu des pots de vin de la part de fabricants de masques. L'un, spécialiste des affaires de santé, député de Bavière, a œuvré comme intermédiaire entre un industriel du masque et divers ministères, moyennant quoi il a reçu sur le compte en banque de l'une de ses entreprises

650 000 euros. L'autre a trouvé des débouchés en Allemagne pour un fabricant chinois, qui l'a rétribué pour ses bons services 250 000 euros. On craint qu'il ne s'agisse pas de cas isolés, car un troisième député est en train d'être examiné. Les pots de vin, en Allemagne, ça n'est pas donné !

Autorité sous le masque

Un joli dimanche, premier jour de printemps. Le quartier des Chalets déborde de promeneurs. Un jeune père masqué, style « père qui a la garde le dimanche », promène un garçonnet, une petite bombe en trottinette. L'enfant s'arrête devant le distributeur de sacs pour déjections canines de la rue de la Balance : « Papa, c'est là qu'il y a des papiers pour faire des Origamis ! ». Je me retourne en riant sous le masque. Le père, qui m'a vue, répond fermement « Tu en as vraiment besoin ? Non ! Alors, tu laisses ». Il est obéi au doigt et à l'œil, juste un petit regard de regret vers les jolis sacs noirs si légers, si parfaits pour les origamis. Plus loin, l'enfant se lance à toute allure vers le bout de la rue, là où elle rejoint la rue des Chalets. Je me dis, effrayée, « Il ne va pas s'arrêter ! ». Mais la père crie un « Stop ! » véhément, et l'enfant s'arrête pile, là où il faut. Vraiment bien dressé. Quelle autorité, les père modernes, sous leur masque...

Reconnaissance

Lorsqu'une personne que l'on n'a pas vue depuis longtemps enlève son masque, soudain, on ne la reconnaît pas.

Confidence professorale

« Maintenant qu'ils portent des masques, je n'entends rien de ce que disent les élèves ; je vais pouvoir leur faire dire ce que je veux. »

Collectif Enfance et Liberté : « Laissez nos enfants respirer »

13 mars. L'association qui conteste le port du masque rendu récemment obligatoire dès 6 ans, organise avec d'autres collectifs apparentés (comme, par exemple, « *31, Bas les masques* ») une manifestation au Square Charles-de-Gaulle, dénonçant une fois de plus les effets délétères du port du masque chez les jeunes enfants : maux de tête, nausées, endormissement soudain, saignements de nez, staphylocoques, problèmes psychologiques, crainte de contaminer, et développement de la tendance à la délation.

France Culture

La chaîne a rediffusé cette semaine quatre émissions sur la philosophie de Lévinas, où le concept de visage est fondamental dans la « reconnaissance » et le respect de l'autre. « Mais, et si le visage est masqué ? » objecte la moderne, matérialiste et délicieusement étourdie Adèle Van Reeth, qui ne vit pas dans le monde du symbole et, de surcroît, ne semble pas être absolument fan de Lévinas. La spécialiste invitée lui répond : « Aucune importance ».

Parce que, le visage, ce n'est pas tout bêtement le visage, qu'alliez-vous croire-là ? Il s'agit du sujet universel, pas du sujet individuel.

Vivre dangereusement

24 mars. J'écris à MPC : « Alain m'a acheté à la pharmacie un masque virucide de la marque Baccide, au chlorure d'argent ; ce n'est pas dangereux pour les poumons, cette chose-là ? Merci de m'éclairer ». Réponse : « C'est de la merde, très dangereux. C'est comme se balader avec de l'Hexomédine sur le visage. Nul. »

Pour la distanciation, c'est raté

25 mars, jour d'ouverture du « droit à la vaccination » des plus de 70 ans, je fais la queue devant la pharmacie pour acheter un shampooing. D'autres personnes attendent

aussi dehors, inscrites, elles, pour se faire vacciner. Une femme masquée s'approche de moi, s'agrippe à mon bras, et me demande, angoissée : « C'est bien là, la vaccination ? » Je confirme. Sort un petit homme en marcel, peau tannée de soleil, arborant des tatouages bleus et rouges sur les épaules et les bras, visage creusé de vieux fumeur. La mine réjouie (enfin, ce qu'on en voit), il se tourne vers moi, et tout fier, me dit « Cela ne fait pas mal ! ». Un gros homme, aux joues cyanosées par l'emphysème qui débordent du masque, s'approche de moi, colle presque sa joue contre la mienne, et murmure près de mon oreille « Ou aé i on oi é ai ? » Je lui dis, « Excusez-moi, je n'ai pas compris ». Il reprend, en articulant mieux sous son masque et en parlant plus fort (tout le monde l'entend, cette fois-ci) : « Vous savez si l'on doit payer ? ». Je lui réponds, très joyeusement : « Non, c'est gratuit ». Il entend très mal, je dois répéter, plus fort : « Non, c'est un CADEAU de la Sécurité sociale ! ».

La vaccination, c'est fou ce que cela développe les liens sociaux, ça rapproche !

Logique à la Lewis Carrol

29 mars 2021, rue Paulhac, nous croisons notre voisin José S. Il est sans masque, j'ai un moment d' hésitation qui ne me laisse pas le temps de le saluer, puis je me tourne vers Alain qui, myope à souhait, ne reconnaît jamais les gens qu'il croise à trois mètres : « Tu l'as vu, c'était José, il n'avait pas de masque ». —« Ah bon », dit Alain, « alors on ne risque pas de le reconnaître. »

Nouvelle pudeur

Salle d'attente chez l'ophtalmo, 31 mars 2021, allées Jean-Jaurès, 8 h 30. Je suis la seule pour le moment dans la salle n° 6 (c'est une usine). Arrive une jeune fille très grasse qui éternue sous son masque, se tourne pudiquement vers la fenêtre, me tourne le dos, enlève son masque, et me dit, se confondant en excuses, « Je suis allergique, excusez-moi, je DOIS me moucher ». Pudeur covidienne. Se moucher, ou éternuer, est devenu malséant et, qui plus est, face à des cheveux blancs, cela a vaguement un connotation attentatoire, ces personnes-là sont si fragiles...

Modes médicales

Lu sur Internet que les chirurgiens ophtalmos opèrent quatre fois plus que dans le Monde d'avant pour corriger la myopie et autres défauts visuels : porter des lunettes en plus du masque, beaucoup de personnes ne le supportent plus. Passer aux lentilles ? Oui, mais les porteurs de lunettes ont des scrupules, puisque les autorités médicales disent de se toucher le visage le moins possible. Ah, le piège des injonctions contradictoires ! Et puis, on commence à entendre dire partout que cette affaire de masques, cela risque de durer très longtemps... Des années. Donc, l'opération des yeux est la solution plébiscitée.

Le calme proverbial des Suisses

À Auch, rue d'Alsace, mercredi 31 mars, un homme d'une cinquantaine d'années, masqué, se jette en hurlant sur un jeune homme de 18 ans, le saisit au col et tente de l'étrangler. Mais le jeune homme a tôt fait de le ceinturer et de l'immobiliser, en attendant l'arrivée de la police municipale. Il tient bon, malgré les vociférations de l'agresseur, devant un attroupement de passants médusés. L'agresseur, de nationalité suisse, qui vivait à l'hôtel, est transféré par les forces de l'ordre au commissariat, puis à l'hôpital, afin de recevoir les soins exigés par son état mental. Classique pétage de plomb par les temps qui courent. L'agresseur a-t-il pris le jeune homme pour quelqu'un d'autre ? Ou a-t-il passé sur lui sa rage généralisée ?

Il ne mâche pas ses mots

2 avril, le président du Conseil Départemental, Georges Méric, médecin, s'exprime dans La Dépêche avec la plus grande virulence au sujet de la gestion de la pandémie par le gouvernement. Parmi d'innombrables actions entreprises au niveau départemental pour lutter contre la pandémie, il cite l'achat de 5 millions

de masques, pour un coût de 4,6 millions d'euros. Mais il déplore les mauvais résultats de la lutte contre le coronavirus, dus, entre autres, au déclenchement trop tardif du reconfinement et à un retard de six mois du calendrier de la politique vaccinale, le tout ayant occasionné 100 000 morts, alors que, en proportion des populations respectives, nous aurions dû n'en avoir « que » 60 000, en comparaison avec l'Allemagne.

Masque social

Émission d'Adèle Van Reeth, la quatrième (1er avril 2021) sur Cioran. Constantin Zaharia, auteur d'une thèse sur le célèbre philosophe roumain, évoque la façade d'auteur de bons mots et d'amuseur mondain pour intellectuels qu'affectait volontiers Cioran, qui savait cacher en société ses sombres pensées. Dans le même ordre d'idées, Zaharia cite un extrait de Soren Kierkegaard, tiré d'*Étapes sur le chemin de la vie* (1845), où le philosophe danois dit que, pour masquer sa pensée profondément mélancolique et ne pas risquer d'importuner en société, il adopte un masque. Non pas le masque ordinaire de la gaîté et de la jovialité qui, selon lui, serait immédiatement interprété comme feint, même par l'observateur le plus naïf, mais le masque de la sincérité, de la conviction et du bon sens, moins aisément décelable et surtout qui sonne tellement plus vrai.

Soupape de sécurité

Comme beaucoup ont le sentiment que le masque coupe un peu la parole (pas à tout le monde !) et diminue notre possibilité d'expression, une réaction généralisée, pendant la pandémie, a été d'écrire, de se libérer en rédigeant des livres. En France, dans le Monde d'avant, pas moins d'un million de personnes se considéraient déjà comme « écrivant » (tout de même pas comme écrivains, mais pas loin). Pas étonnant, donc, que pendant le premier confinement, un Français sur dix, selon les sondages, ait commencé à écrire un livre, et pas surprenant que les éditeurs croulent actuellement sous une avalanche de manuscrits

(20 % de plus que d'habitude ; Gallimard a fait passer un communiqué pressant demandant aux auteurs de bien vouloir garder leur manuscrit) et pas étonnant que les maisons d'auto-édition ne sachent plus où donner de la tête (40 % de plus de commandes qu'à l'accoutumée, avec un pic de 90 % de plus en avril 2020). Bonne façon de décompresser, excellente soupape à toutes ces pressions accumulées... Je me pose la question : combien de personnes dans le monde sont-elles, à l'heure actuelle, en train d'écrire un livre sur les masques ? Combien ont-ils déjà été publiés ? Finalement, moins que l'on ne pense, car les éditeurs refusent ces thèmes dont ils sont persuadés qu'ils n'intéresseront personne après la Grande Pandémie. De même, dans l'auto-édition, après la mode du « Journal de confinement », exercice très en vogue au début, les écrivains amateurs se sont plutôt tournés vers la rédaction d'ouvrages de fiction.

Nouvelle élite

Tant bien que mal, en Belgique, début avril 2021, de 6 à 12 % de la population est vacciné. La Belgique, comme la plupart des autres pays européens, est un peu en avance sur nous dans ce domaine. Mais les Nouveaux Vaccinés, fière caste qui jouira peut-être bientôt d'un passeport ou « certificat-vert » lui permettant de prendre à nouveau l'avion, entendent bien dicter leur loi et, ne craignant plus pour eux, se moquent bien du sort des autres. Malgré les exhortations officielles leur demandant de continuer à respecter les sacro-saints gestes barrières étant donné que le vaccin n'empêche pas de contaminer, un vent de révolte souffle parmi ces néo-vaccinés : ils ne veulent plus porter le masque ni dans les magasins ni, a fortiori, dans la rue. Voilà une catégorie de plus, pour classer les non-masqués. Mais, eux, ils croient en la science.

Fleuriste

Hier 3 avril, je me suis mise en quête d'un petit géranium pour le poser sur notre fenêtre. Le matin, rien de plus facile à trouver, au kiosque du marché Cristal, près de la statue de Jeanne d'Arc. Mais c'était l'après-midi. Et ces envies-là n'attendent pas. Heureusement, il y a un fleuriste qui vend ces articles, entre le marché Victor Hugo et le Square Wilson. Une jeune vendeuse maussade est en train de morigéner une jeune cliente de son âge, parce que celle-ci a osé se servir elle-même, prenant un bouquet de fleurs qu'elle veut acheter, malgré la présence conminatoire d'un écriteau, répété quatre fois entre l'étal extérieur et l'intérieur du magasin, qui proclame sévèrement : « On touche avec les yeux, pas avec les mains ».

J'en conclus que les yeux, qui ont déjà la lourde tâche de remplacer à eux seuls toute l'expression du visage, doivent aussi se substituer au toucher... C'est sans doute pour cela que les regards croisés sur notre chemin nous « touchent » autant.

Orthoptie

Dans un esprit de vérification concernant ma recrudescence de fatigue oculaire, mon ophtalmo m'a prescrit un bilan d'orthoptie. Dans ces mêmes lieux, il y a six mois, on pouvait encore, et même on devait, au moment des examens visuels, enlever son masque ; mais maintenant, le pic de la troisième vague prévu à la mi-avril approchant, les mesures de précaution se sont durcies : on doit garder le masque. Lorsque l'opérateur du bilan empile sur mon nez, en plus de mes lunettes de vue, des lunettes colorées nécessaires au décodage de certaines images, inévitablement, les quatre verres se couvrent de buée, ce qui rend l'exercice improbable et même risible. Je me demande : tout ce joli matériel a-t-il été désinfecté ? On verra bien dans cinq jours si je suis contaminée... Hypocondrie, quand tu nous tiens...

L'art des présentations

Gentille pause bavardage avec C. P., au carrefour de la rue des Chalets et de la rue Douvillé. Passe un ami à lui, avec lequel il va poursuivre son chemin. Brève présentation masquée « Euh, des amis,... un ami ».

Le port du masque n'aide pas à retrouver à l'improviste les noms propres. Mais, finalement, c'est une présentation tout à fait en phase avec la dépersonnalisation généralisée.

Sombres perspectives

« Quand tout cela sera fini, nous retrouverons visages et embrassades ». — « Si cela finit un jour », dit sur un ton sombre notre excellente voisine, Ch. R., qui est pourtant d'habitude d'un optimisme inébranlable. Comme par un malin hasard, l'éclairage municipal nocturne chaud et abondant, qui éclairait jusque-là notre rue comme en plein jour, vient d'être remplacé hier par des LED restant en veilleuse tant que personne ne passe dans le champ de leur cellule de détection. Bonne pratique écologique, mais notre petite rue tranquille baigne désormais dans une pénombre glauque, sinistre, égayée seulement, à intervalles, d'un léger surcroît de lumière quand d'aventure passe un chat. « ¡*Alegría!* » comme gémissaient, sur un inoubliable ton de plainte déchirante, les chanteurs de « *corridos mejicanos* ».

Folie choisie

Je fais une relecture d'un ouvrage lu avec délectation trente ans auparavant, les *Conférences psychanalytiques* de Georg Groddeck, père de la psychosomatique et l'un des pionniers de la psychanalyse. À l'un de ses patients qui l'interrogeait sur la sclérose du cerveau, Groddeck répondait en citant l'exemple de Nietzsche, dont la rumeur publique disait qu'il avait perdu l'usage de ses capacités à la fin de sa vie, ce que Groddeck conteste : selon lui, sous le masque de la folie, Nietzsche avait conservé toute sa lucidité, mais il voulait seulement interrompre tout commerce avec les hommes.

Promenade dominicale en bord de mer

4 avril 2021. Jean-Pierre et Annie B., heureux habitants de l'Aude, nous envoient un petit message pour raconter leur beau dimanche de Pâques. Pour profiter à fond du « dernier jour de liberté » : promenade et pique-nique sur les hauteurs de Gruissan, dans la montagne de la Clape, puis marche sur la plage.
Ils sont les seuls, m'ont-ils écrit, à porter un masque.

Ambiance de Prohibition

Tempête médiatique, le 4 avril. Indignation des Français sur les réseaux sociaux (« On veut des noms ! »). Réprobation circonstanciée de la part de deux ministres, Marlène Schiappa et Gérald Darmanin. Une caméra cachée s'est faufilée dans de prestigieuses demeures parisiennes pour prendre sur le fait des soirées clandestines luxueuses. Les internautes ont reconnu parmi ces lieux le « palais Vivienne », dont l'heureux propriétaire serait le « collectionneur » Pierre-Jean Chalençon, une face réjouie familière des téléspectateurs dans des émissions d'une vacuité sidérale. Ce dernier, pris à parti par les médias, et pour se défausser, proclame que ces restaurants clandestins sont chose courante en ce moment : « On est en démocratie, non ? On fait ce qu'on veut ! » et qu'on voit même des ministres à ce genre de sauteries mondaines très privées, à 400 euros le menu caviar et champagne (le bavard se rétractera le lendemain, au sujet de la présence des ministres). La caméra cachée montre un service impeccable, fait par des employés non masqués, pas plus que ne le sont les convives, ce qui est logique dans un dîner. La règle du jeu est précisément de ne pas porter de masque « afin que les convives se sentent comme à la maison » : esprit « bon enfant » en diable ! Le Procureur de la République diligente une enquête pour travail non autorisé et mise en danger de la vie d'autrui. Nos élites mondaines n'ont, pour se différencier du commun des Français, que la sélection par le compte en banque et le goût infantile de la transgression. Une transgression pas tellement différente de celle de ces quelques poignées de jeunes qui, en Belgique, se sont réunis ce même jour, à la barbe des autorités, dans un train à l'arrêt, pour une fête arrosée.

Zorro

José F., pour la distraction de son fan club de retraités, fait également circuler de nombreuses vidéos animalières, et un certain nombre d'entre elles mettent en scène des renards. Aussi le titre du message qui accompagnait la dernière « *Zorro* » était-il légitime (*zorro*, « renard » en espagnol). Mais, imprégnée que je suis de l'air du temps, j'ai d'abord lu « Zorro » (le justicier masqué, Don Diego de la Vega) dont on connaît, outre « *The Mask of Zorro Series* », plus récemment, le film de Martin Campbell « *Le masque de Zorro* », qui réunit pour notre plaisir Anthony Hopkins et Antonio Banderas (1998).

Construction mentale

Marina vient de suivre à Lyon une formation intensive d'un mois proposée par Apple pour apprendre à concevoir et à coder de nouvelles « applis ». Ces sessions, ouvertes assez largement, réunissent des participants de provenance et profil variés. Le formateur fait des groupes de quatre, et, dans le groupe de Marina, il y a un Anglais, un Thaïlandais et un Gersois. La vraie diversité ! Pandémie oblige, tout le monde travaille masqué et en respectant scrupuleusement la distanciation, dans une atmosphère détendue, au milieu d'un cadre futuriste et luxueux, et sur des appareils performants. À la fin de la matinée, il y a la cantine, et on dépose les masques. Marina me confie qu'en découvrant les visages de ses partenaires d'équipe, elle a été saisie d'étonnement. Pas du tout comme elle les imaginait ! Tout autrement, elle les voyait ! Elle avoue s'être trouvée un peu déçue. Elle se rend compte de ce que, en l'espace de quelques heures de travail en commun, s'appuyant sur les seuls éléments accessibles de leur personne, yeux, cheveux, et la voix aussi, elle avait élaboré une construction mentale assez précise de leur visage, qui se révèle être une image nettement idéalisante.

Cette expérience est devenue commune, nous avons tous peu ou prou ressenti cette légère déception. Mais, lorsque se dévoile le visage de l'autre, pourrait-on imaginer l'inverse, la découverte d'un visage de rêve, encore bien plus beau que celui que nous avions projeté ? Peu probable, rien ne peut rivaliser avec l'imagination. Alain, à qui je fais part du ressenti de Marina pour savoir s'il l'a vécu lui aussi, répond : « Non, moi, ça ne m'arrive pas. La déception, c'est une question d'état d'esprit. Et puis, les choses se présentent parfois aussi dans l'autre sens : quand, à 17 ans, je traînais sur les plages naturistes d'Agde, le problème était inverse. Il s'agissait de savoir si, le soir, en boîte, on allait reconnaître, une fois habillée, la fille qu'on avait draguée le matin nue sur la plage, et qui vous avait donné un rancard : « On se revoit, ce soir ? ». C'était en 1966, ère qui nous semble maintenant d'une innocence et d'une liberté pré-adamiques. En tout cas, pas l'ère du masque.

L'immunité collective, un jour...

Le 7 avril 2021, l'Institut Pasteur fait savoir que, pour pouvoir relâcher les mesures de prévention, il faudra attendre que la population adulte française soit immunisée à… 90 %. L'objectif est censé être atteint à l'automne. Encore des rêveries de scientifiques. Objectif inaccessible, en sachant que certains ne veulent pas se faire vacciner. Le plus intéressant est la formulation exacte employée dans le communiqué, assez perverse, avec sa double contrainte sournoise : « Pour pouvoir relâcher les mesures de prévention à l'automne, il faudra d'abord que la population adulte ait atteint le chiffre de 90 % de vaccinés ». « *Tan largo me lo fiais* » (« Bien lointaine est votre échéance »), disait le Don Juan de Tirso de Molina. Et il y allait de son salut spirituel... Nous, c'est moins grave ! même si 24 % des rescapés de la réanimation souffrent de troubles neurologiques ou psychiatriques.

Rien ne vaut les mesures barrières

Les masques ont encore de beaux jours devant eux. On apprend, le 8 avril, que les pays les plus méritants du point de vue du taux de vaccination (États-Unis, Chili, Émirats, Seychelles) voient leurs efforts mal récompensés et n'observent aucune diminution de leur taux de contamination, et même, pour certains, enregistrent une hausse sensible de celui-ci ; ce phénomène serait dû à un relâchement brutal des mesures de prévention orchestré par les états eux-mêmes, qui ont délivré, par exemple au Chili, des passeports interrégionaux de tourisme dès le début de la campagne de vaccination, et au fait que la population vaccinée se croit bêtement protégée. Le type de vaccin employé y est aussi pour quelque chose, la campagne de vaccination du Chili s'étant faite, dans le cadre de Covax, avec le vaccin chinois Sinovac, efficace seulement à 27 % après une injection et à 54 % après la deuxième. L'État d'Israël, qui a su maintenir les gestes barrières et s'est vacciné Pfizer, ne connaît pas de tels déboires.

Une nouvelle ère

9 avril, à « La Grande table » de France Culture, le philosophe italien Roberto Esposito confie qu'il pense qu'après la pandémie, il restera définitivement une forte distanciation.

Patiente

MPC, exemplaire à bien des égards, est très scrupuleuse pour que sa salle d'attente ne soit pas un lieu de contamination : une seule personne à la fois, aération très fréquente, désinfection, pose sur les chaises d'écriteaux demandant de ne pas toucher les dossiers, préconisation de n'utiliser que son propre stylo pour signer les papiers, suspendre sa veste sur un porte-manteau à l'entrée, désinfection des mains, port de masques FFP2, dont elle rappelle régulièrement qu'il ne faut pas les toucher. Et, la consultation terminée, elle vous raccompagne pour que vous n'ayez pas à toucher la porte de l'immeuble qui donne sur la rue. Cela va sans dire, elle s'est fait vacciner dès que cela a été possible. Une de ses patientes, grande bourgeoise qui prend de l'âge et commence à négliger ses traitements les plus indispensables, prend tout cela à la légère, et plonge régulièrement MPC dans l'exaspération. La patiente entre dans son bureau, le masque sous le nez ou sous le menton, « Regardez, Docteur, je l'ai le masque ! », MPC s'énerve « Je vous ai dit de bien mettre le masque à l'intérieur ! », la patiente lui répond « Mais, Docteeeeur, allons, ne vous énervez paaas ! Restez caaalme, Docteeeur !» La patiente éternue et renifle bruyamment. Inquiétude légitime de MPC. « Mais, voyooons, Docteeeur, ne vous inquiétez paaas... ; c'est juste un petit rhume, Docteeeur... ».

Son masque, jamais changé, est noir de crasse.

« Un jour, ils me feront péter les plombs, soupire MPC. »

Hitchcock, fenêtre sur cour

De nuit, est filmée sur un téléphone la scène suivante : quelques hommes bedonnants, en costume sombre et en bras de chemise (blanches), s'agitent de façon rythmique et très graphique sous une lumière vive, esquissant sur une musique de danse quelques figures de rock ou autres. Ils entrent et sortent du champ à diverses reprises, dans le cadre lumineux d'une fenêtre entourée de l'obscurité la plus totale. C'est une fenêtre située à l'arrière du Ministère de l'Enseignement supérieur. Il est 22 h, ils sont sûrement plus de six, on voit distinctement qu'ils ne portent pas de masques. L'auteur de la vidéo, inspiré par le bruit fait autour des repas clandestins du palais Vivienne, veut montrer qu'au ministère non plus, on ne tient pas compte des restrictions, et qu'on organise là aussi des soirées clandestines : « C'est comme cela qu'on travaille dans les ministères, voyez où passe l'argent public, etc. »

Le lendemain, réponse grognon du Ministère : « Ce n'étaient que des personnes qui s'amusaient un peu dans une cuisine d'étage. Pas de quoi fouetter un chat ! » Mais la vidéo laisse une impression de malaise. On vous épie dans l'obscurité. Et la vidéo circule aussitôt sur internet, aussi virale que le Corona.

Senteurs fantasmées

Dommage que, en tant que commerces non essentiels, les parfumeries soient fermées. Je serais bien allée à la recherche d'essences simples, pur jasmin, pur lilas, pure rose, pur ylang-ylang, mais peut-être une goutte d'huile essentielle ferait-elle aussi bien ; j'ai envie de parfumer mon masque, pour nager dans un optimiste paradis olfactif, quand je sors.

Masque du rêve

En relisant Groddeck, je retrouve l'idée que les enfants, dans leurs rêves, rêveraient en toute simplicité et sans masque de leurs envies. À la saison des fraises, ils rêvent de fraises. Les rêves des adultes, indirects et dissimulateurs, reflètent de façon générale leur monde, dans sa réalité quotidienne diurne qui est celle du mensonge quasi perpétuel. Tout d'un coup, je découvre que depuis des années déjà, je rêve en direct, sans masque, comme les enfants.

Floutage

Les podcasts de certaines émission (par exemple l'émission *À voix nue*, sur France Culture) se présentent sur les écrans, en fond de titre, sous forme d'images floutées. Floutés, également, les messages et photos figurant sur un site de retrouvailles d'anciens camarades d'école, « Trombi.com », que j'ai eu la faiblesse de consulter, sans jamais m'y inscrire vraiment. Le logiciel exerce des pressions constantes sur les simples visiteurs comme moi, pour les inciter à cotiser s'ils veulent vraiment entrer en contact avec leurs anciennes connaissances. Cédant à une première étape de cette sorte de fishing, j'ai envoyé un message à Marie-Louise P., dont j'ai gardé un très bon souvenir ; mais ni elle ni moi, méfiantes que nous sommes, ne nous sommes inscrites avec cotisation, aussi ne peut-elle pas me lire ni moi la lire. Le site tentateur nous laisse entrevoir en flouté nos deux messages réciproques. Ni elle ni moi n'avons envie d'aller plus loin sur ce site invasif, et vulgaire si l'on en juge par les qualificatifs qu'il propose d'attribuer aux camarades d'autrefois. Il n'empêche que ces messages et photos floutés, ainsi que les photos brumeuses qui servent de fond aux titres des podcasts de France Culture, me plongent chaque fois dans un profond malaise, tout masquage étant, en ce moment, traumatisant.

Parler sans masque

Il est extraordinaire qu'il suffise de mettre un micro devant une personne pour qu'elle se confie et révèle sa personnalité sans masque, même à son désavantage. Des émissions de France Culture comme *À voix nue* ou *Les pieds sur terre* doivent leurs plus belles réussites à cette surprenante ivresse de sincérité. Une exception toutefois, dans une rediffusion récente d'une interview datant de plusieurs années : la célèbre ancienne avocate Brigitte H. qui fut impliquée en 1981 dans la tentative d'évasion du dernier condamné à mort français, le tout jeune Philippe Maurice, devenu, comme on sait, après avoir purgé ses 23 ans de détention, professeur d'université spécialiste du Moyen-Âge. Brigitte H., quarante ans après, continue, avec une belle constance, à soutenir qu'elle ignorait la présence d'un colt 45 dans le sac à main que venait de lui offrir son petit-ami de l'époque, un proche du détenu, juste avant qu'elle ne fasse une visite à ce dernier dans le quartier de haute sécurité. Elle a su garder le masque et ne pas dénoncer son ami de l'époque, ce qui lui a valu alors une condamnation à cinq ans de réclusion et, plus tard, un refus obstiné opposé à sa demande de réinscription au barreau. Ainsi que l'admiration de beaucoup de personnes.

Stigmates

MPC connaît un chef de service infectiologue qui, à force de vivre sans interruption en portant le masque FFP2, a une plaie qui s'est formée sur le nez. Plaie sur un hématome, qu'on voit s'étendre et noircir, mois après mois, stigmate de la pandémie sur le corps médical souffrant. Elle-même, sur sa photo de passeport, en porte les marques, quoique plus légères : la trace des élastiques du masque sur ses joues.

Du coup, elle s'est remise au masque chirurgical bleu que tout le monde porte.

Messe de tous les risques

À Paris, à la Paroisse St-Eugène, église « tradi » du IXe arrondissement, « *Prier avec un masque est une marque d'irrespect face à Dieu* », proclame un titre accrocheur de *Libé* du 10 avril. Durant le week-end de Pâques, des messes ont été célébrées sans masques ni gestes barrières. La suite de cet article passionnant n'est accessible qu'aux abonnés...

VDM

Marina est gentille : depuis qu'elle sait que je suis intéressée par des sujets portant sur les masques, non seulement elle m'a raconté l'anecdote personnelle concernant sa formation en informatique à Lyon, mais hier elle m'a envoyé un SMS pour me dire de consulter sur Internet le site VDM (acronyme de « Vie de

merde ») : « Cherche à la rubrique 'masques' »,
me dit-elle, « il y en a plein ». À « VDM », la
première chose qui sort sur le moteur de
recherche, c'est « VDM : vente de masques ».
C'est un peu la même chose, finalement, non ?

Maladresse ou rigueur légitime ?

13 avril, Ouest-France. Dans les Deux-Sèvres,
paisible contrée, un vent de révolte souffle à la
suite d'une intervention des forces de l'ordre
jugée excessive. Un groupe d'adolescentes de
13 ans attend, sur un parking devant le collège,
l'heure du début des cours. Elles sont équipées
de masques, mais les portent de la façon
fantaisiste la plus fréquemment rencontrée,
c'est-à-dire sous le nez. Passe une voiture de la
Gendarmerie, qui s'arrête, leur fait remarquer
cette irrégularité et leur demande leur identité
et leur mail. Six jours après, elles reçoivent à
leur domicile une amende pour « non-port
réglementaire du masque », en application du
décret du 29 octobre 2020, qui impose ce port
dans l'espace public à toute personne de plus
de 11 ans. Première fois qu'elles ont affaire

directement à la force publique : gros impact psychologique. Espérons que cela n'en fera pas des rebelles. Ce laxisme généralisé qui fait que beaucoup d'adolescents se baladent dans les rues sans masque, ou avec masque sous le menton ou sous le nez, est un peu agaçant. Seul ennui, dans cette histoire des Deux-Sèvres, c'est que ce seront les parents qui devront payer l'amende. Il aurait été possible, aussi, que les Gendarmes se contentent de faire remettre leurs masques comme il se doit aux adolescentes, de leur asséner au passage un petit sermon sanitaire responsabilisant et de menacer seulement de verbalisation, si on les y reprenait, ces écervelées de 13 ans. Mais rappelons aussi que, s'il existe bien une certaine souplesse qui permet aux maires des zones rurales de n'appliquer qu'avec discernement le port obligatoire du masque en extérieur, toutefois même ces maires-là l'imposent aux abords des écoles, là où il y a du monde. On aurait pu attendre des parents qu'ils reprochent à leurs filles de n'avoir pas été en règle. Mais les mères, tout aussi déresponsabilisées que leur progéniture, protestent avec ce curieux argument : « Cela fait un an que nos enfants connaissent les gestes barrière » Cela me rappelle ma propre mère, qui disait, avec une parfaite mauvaise foi : « Je sais qu'il faut manger du poisson », mais n'en mangeait jamais. Ou peut-être ces mères veulent-elles dire « Cela fait un an que nos filles sont sous le masque ; cela commence à faire long ! » Les mères de ces adolescentes avouent aussi le vrai problème : « Ce n'est pas le moment pour nous de payer une amende de 135 euros », et tentent démarche sur démarche auprès des diverses autorités (Gendarmerie, Préfecture), qui restent de marbre. Difficile d'imposer des convictions sanitaires à des enfants dont les parents les prennent eux-mêmes à la légère.

Députée de choc

Entrefilet dans les Google actualités, où l'on apprend que la députée (inscrite Liberté et Territoires, Bas-Rhin) Martine Wonner, jeune femme à la blonde chevelure léonine, médecin radié de l'Ordre, a fait dimanche, au cours d'une manifestation anti-masques à Quimperlé, des déclarations fracassantes contre les vaccins ARN. Divers députés condamnent fermement ses propos et les comportements irresponsables des personnes présentes et de tous ceux qui ont contribué à l'organisation du rassemblement, mettant ainsi, par leur action délibérée, en danger la vie d'autrui. Quelque 140 verbalisations pour non-port du masque, défaut d'attestation dérogatoire et stationnement gênant, ont été dressées. Le dernier livre du sociologue Jean-Claude Kaufmann s'intitule « *C'est fatigant, la liberté* ».

Violences

Le même Jean-Claude Kaufmann, dans une interview du 12 avril sur France Culture, rappelle que depuis le début de la pandémie, il y a eu plusieurs morts violentes pour des histoires de masques. Violence non pas exercée à l'encontre des non-porteurs de masques, mais précisément par ces non-porteurs eux-mêmes, contre ceux qui leur avaient fait des réflexions pour absence de port. Cet été un chauffeur de bus a perdu la vie, roué de coups par des personnes à qui il demandait de mettre leur masque. Aujourd'hui 22 avril : un homme a été condamné à 5 mois de prison avec sursis et 105 heures de travail d'intérêt général pour avoir menacé hier le maire de Wingen-sur-Moder (Bas-Rhin) avec une batte de base-ball. L'édile lui avait reproché de ne pas porter le masque dans un commerce, rapporte France 3 Grand Est.

Le plus grand défi posé à l'écriture

Aharon Appelfeld, dans son livre publié en France de façon posthume, *Mon père et ma mère* (2020, éd. de L'Olivier) écrit, en parlant de la difficulté du travail de l'écrivain : « […] il vous apparaît que rien n'est moins simple que de trouver les mots justes pour décrire une sensation, un paysage, sans parler du visage d'un homme ». Le visage est reconnu là comme la chose la plus complexe à observer, à interpréter, à décrire : cela explique sans doute pourquoi leur vue nous manque tant.

Délitement

On ne peut pas dire qu'un malheureux masque chirurgical cache en totalité un visage. On devine encore les contours, les volumes principaux, on voit bouger les mâchoires de celui qui parle et frémir son nez, et ses yeux sont toujours en liberté. Ce dont on est privé, finalement, c'est de la vue des micro-mouvements des muscles du visage, tout ce qui en fait la subtilité et lui donne son expression, ces muscles où réside l'essentiel de son pouvoir de communication. On peut se demander si, privés de leur utilité pendant une aussi longue période, ces petites muscles faciaux bougent toujours autant, ou s'ils se laissent aller, incognito, à la paresse. Allons nous découvrir, quand l'ère du masque sera terminée, des foules de visages morts ?

Éternel retour

L'épreuve actuellement traversée stimule tous les esprits. Chacun y va de son nouveau livre. Bruce Bégout, maître de conférences en philosophie à l'université de Bordeaux et écrivain connu tant pour ses essais que pour ses fictions, vient de publier un ouvrage sur le concept « d'ambiance », néologisme qui serait né dans le milieu symboliste au XIXe siècle, sous la plume de Villiers de L'Isle-Adam. Le journaliste interroge Bruce Bégout: « L'ambiance, c'est quelque chose qui se respire, c'est l'air du temps ? ».

Et moi, je pose la question : que devient un air du temps respiré à travers un masque ?

Avec ce concept d'ambiance, flou par nature, on n'est plus dans le registre de l'exactitude, mais de la subtilité. La tâche du philosophe et de l'homme de Lettres est de tenter de qualifier cette réalité insaisissable, de la restituer par l'écriture. Effort collectif qui ne se fait rien moins qu'à l'échelle mondiale ! L'ambition du philosophe, selon Bruce Bégout : faire une « ontologie du présent », montrer combien nous sommes traversés par le monde, comment nous composons le monde à nous tous. Éviter, ce faisant, le travers dans lequel tombent selon lui souvent les philosophies : envisager le monde comme un objet extérieur au sujet, alors que « l'ambiance » nous précède, nous pénètre et nous oblige à dépasser la dualité objet-sujet.

On a déjà entendu cela quelque part.

Méprise

Un matin, dans la rue, j'ai cru voir Anne L. que je n'avais pas vue depuis longtemps. J'ai fait un pas de côté pour lui dire bonjour, me suis trouvée en face d'elle, et... ce n'était pas elle. La personne m'a regardée interloquée et, sous son masque, a fait vigoureusement « Non » de la tête. J'ai battu en retraite, m'excusant de mon erreur. Je me suis sentie mal toute la matinée.

Ça passe mal

De plus en plus souvent, quand j'ai l'occasion de communiquer avec quelqu'un dans la rue, je n'ai plus envie de parler, plus grand-chose à dire. Perte de l'idéation, ou fatigue du masque ? Refus de l'effort à déployer pour que les mots franchissent la barrière textile ?

Appréhension à l'idée des malentendus qui peuvent se produire, difficulté de faire comprendre des choses pourtant simples ?

Deuil british

Le 17 avril 2021, les vidéos diffusent l'image de la reine d'Angleterre, vieille femme solitaire tassée sur son banc dans une stalle de la Chapelle de Windsor, pendant l'office des funérailles du prince consort Philip. Beaucoup de masques anti-Covid étant déjà noirs, porter un masque noir en ces circonstances n'aurait pas été un signe assez démonstratif de deuil. Le protocole a donc dicté que la reine porte un masque noir gansé de deux bandes horizontales blanches, le blanc étant l'autre couleur de deuil, surtout parmi les « grands de ce monde ». Impression que la planète partage obscurément ce deuil anglais, deuil du Monde d'avant : tant de souvenirs, « *Those were the days...* », « C'était le bon temps », chantait Mary Hopkin.

« Le monde s'est dédoublé »

Paroles d'une chanson écrite en 2017 par la chanteuse Clara Ysé, en état de sidération après un deuil brutal qui venait de la frapper :

> « Ce matin, il est arrivé quelque chose de bien étrange
> Le monde s'est dédoublé
> J'ai senti le temps se fendre un instant sur les visages mêmes
> Le monde s'est dédoublé
> Vos corps, que je percevais hier encore dans leur exactitude
> Ont perdu leur densité... »

L'écho que trouvent ces paroles dans la situation actuelle de distanciation masquée explique combien elles nous touchent, en décrivant toute cette étrangeté.

Nouveau sourire

Étant donné qu'il devient inutile d'offrir son sourire, caché sous le masque, une stratégie expressive s'est développée récemment chez de nombreux sujets : le « sourire du haut », qui consiste à plisser les yeux comme si l'on souriait sous le masque, mais les plisser d'une façon ostentatoire, beaucoup plus prononcée que de nature et parfois en gardant le bas du visage impassible, inhabité. Ce plissage des yeux, auparavant effet spontané et involontaire du sourire, voilà qu'il devient une mimique indépendante, délibérément outrancière pour avoir une chance d'être perçue à coup sûr.

Mesdames, tant pis pour les futures « pattes-d'oie »...

Nouvelle frontière

Le port du masque, protection sanitaire, est aussi qualifié couramment de geste barrière, mais c'est une barrière intime, qui touche au corps. Il délimite une nouvelle frontière, alors que le Monde d'avant était censé abolir de plus en plus les limites géographiques. On peut ainsi rapprocher le masque de l'idée du « passeport sanitaire », sésame ouvrant à l'élite des Nouveaux Vaccinés l'accès à de nombreux endroits, qui deviennent interdits, de fait, à tous les autres. Ce passeport sanitaire n'est pas conçu seulement pour voyager à l'étranger en avion, mais aussi pour accéder à certains lieux, musées, théâtres, institutions, discothèques, rassemblements musicaux, etc. : le passeport sanitaire, comme le masque, nous enferme.

Personnage ?

Dans la pantomime de l'Antiquité romaine, le danseur gardait le même costume, mais changeait de masque quand il changeait de personnage. Et nous, que reste-t-il de notre personnage, sous le masque ? Plus personne ? Ou bien le masque nous a-t-il assigné une nouvelle personnalité grégaire, celle, tous individus confondus, du citoyen obéissant aux injonctions gouvernementales, ou encore celle du paranoïaque hypocondriaque ? Celle du ramolli, ou celle du rebelle ? Et allons-nous la conserver, cette personnalité, quand nous déposerons les masques ?

Point de focalisation

Si, lorsque nous sommes à proximité immédiate, le masque donne tout son relief au regard, au contraire, à une certaine distance, par exemple à une quinzaine de mètres dans la rue, où les yeux ne sont pas encore observables avec précision, il nous conduit à regarder ce qui peut l'être : le corps, l'attitude générale, la démarche, ou le vêtement. « *A las personas, según las ven, así las tratan* » (« C'est la tenue et la mise qui comptent ») dit froidement un proverbe espagnol. Hier, croisant la psychanalyste de la Petite rue Saint-Lazare, j'ai pris subitement conscience de la décrépitude, de l'abandon, du relâchement, du corps veule et avachi, de la démarche traînante où tout espoir semble aboli, de cette femme qui, vingt ans auparavant, était d'une beauté absolue. Dur métier.

Double capture d'écran

Dans un article du quotidien *El País* sur les élections à la présidence de la Communauté autonome, à Madrid, une photo extraordinaire : deux personnages du bouillonnant monde politique espagnol, un homme (Gabilondo ?), une femme (Díaz Ayuso ?), face à face, masqués, se détachent de profil sur un décor de studio rouge agressif. On dirait deux coqs de combat sur le point de se jeter l'un sur l'autre pour un duel à mort. Le port du masque rend plus apparents encore leur gestuelle, l'angle que prennent les corps, les mouvements expressifs des mains : toute la hargne du monde est contenue chez ces deux êtres masqués. Image où la réalité humaine apparaît sans masque, mais qui semble tout droit sortie d'un manuel d'éthologie animale. Le même jour, une photo trouvée sur un bref article d'Internet où l'on évoque le risque de contagion du Covid-19 entre les animaux de compagnie et leurs maîtres, choisit en guise d'illustration humoristique de montrer un chat et un petit chien, assis calmement côte à côte, et portant chacun, bien ajusté, un masque chirurgical bleu. Genre de déguisement anthropomorphe qui, d'habitude, m'agace. Mais cette photo, où les deux animaux posent patiemment, attendant avec gentillesse que se termine cette dernière facétie humaine, donne paradoxalement une impression de profonde humanité.

Le contraste entre ces deux photographies est total.

Zigzag

Pour respecter la distanciation sociale, les piétons porteurs de masques que nous sommes devenus optent souvent pour de petites stratégies d'évitement dans leurs trajectoires urbaines. Cheminant sur un trottoir étroit dans une rue peu passagère, on change légèrement de direction pour descendre du trottoir et en laisser l'intégralité à celui que nous allons croiser. Mais parfois, cette personne a exactement la même idée que vous au même moment et amorce la descente du trottoir précisément à l'instant où vous le faites. Sauf que, voyant votre propre manœuvre, elle renonce à la sienne et revient sur le trottoir juste au moment où vous êtes en train de faire la même chose. Résultat : deux personnes qui ne se connaissent pas se croisent sur le trottoir en se serrant un peu et en riant de bon cœur de leur démarche zigzagante et de leur parfaite et intempestive synchronisation. Le monde est plus joyeux que l'on ne croit.

Entre-soi

Avec l'usage constant des téléphones portables et des oreillettes, nul ne s'étonne désormais de voir parler seules à voix haute les personnes que l'on croise dans la rue. Et l'on ne risque pas de les confondre avec ceux qui, au contraire, y délirent sans interlocuteur et restent, comme avant l'ère des portables, objet de méfiance et d'inquiétude. Mais, avec le masque, on peut bien s'autoriser de temps en temps une discrète conversation à voix basse avec soi-même, lorsque personne n'est assez près pour vous entendre. On peut se dire « Ah, j'ai bien fait de sortir avant la pluie ! », ou bien, « Il faut que je reprenne le premier plan de mon aquarelle d'hier, c'est vraiment trop fade »..., ou « Cette interview de Comte-Sponville sur France Culture, quel régal, il faudra que je la réécoute en entier »... Petite satisfaction conversationnelle avec soi-même, qui fait du bien par temps de solitude.

Reconnaissance olfactive

Ana, qui s'est emprisonnée volontairement avec son mari dans une maison de retraite vendéenne, au pire moment qui soit, se réjouit d'avoir enfin pu recevoir cette semaine (deuxième semaine d'avril 2021) la visite de sa fille Marina, visite interdite pendant une longue période. Le père de Marina, souffrant de symptômes neurologiques, ne reconnaît sa fille que si elle ôte son masque.

Une pensée pour les nourrissons qui naissent devant des infirmières, sages-femmes ou médecins masqués et sont pris dans les bras d'une mère masquée. Heureusement, comme on sait, c'est à l'odeur qu'ils reconnaîtront rapidement leur mère. Si cela devait durer encore quelques années, siècles ou millénaires, peut-être l'espèce humaine développerait-elle un odorat aussi performant que celui des chiens.

Piétons et cyclistes

Récit de MPC : « Un type, artisan, traverse la route juste devant mon vélo – comme 80 % des piétons – en fumant, masque sous le menton, et plongé dans l'écran de son portable : « C'est le moment de regarder la route, PAS son portable ! » enrage-t-elle. Lui, il lui jette : « Va te faire foutre ! ». Alain commente : « J'aurais pu m'entendre avec MPC. Mais, là, ce n'est pas comme ça que j'aurais fait : il fallait baisser son masque, cracher sur le type et repartir en pédalant un peu plus vite ».

Le « super-contaminateur » indien

Dans un groupe de 43 jeunes étudiants indiens, venus en Belgique pour suivre une formation d'infirmier (!!!), et arrivés le 12 avril par l'aéroport de Roissy avant de prendre le bus pour la Belgique, plusieurs sont tombés malades et 20 ont été (au troisième test PCR, en Belgique) décelés positifs au variant indien du SARS COV 2, qui jusque-là n'était pas répertorié en France ni en Belgique. Bienvenue ! Ils auraient été victimes, pendant le trajet en bus, d'un super-contaminateur qui était parmi eux. Ils avaient un masque, et avaient été testés au départ et à l'arrivée par PCR. Christof d'Haese, Bourgmestre d'Alost, la ville d'accueil, s'indigne.

Tout d'un coup...

Tout d'un coup, je n'en peux plus du masque. Veux jeter le masque aux orties. Ne plus voir les masques flotter dans les caniveaux, ne plus penser aux masques, ne plus faire des lessives de masques, ne plus raccourcir d'un petit nœud délicat les liens du masque pour le coller plus étroitement à mon visage et me tirer les oreilles. Plus envie d'écrire sur les masques (« Personne ne t'oblige, quelle idée, aussi », dit Alain). Surtout, ne veux plus vivre masquée. Rentrer chez moi, et n'en plus sortir. Pas uniquement attendre que la consigne sanitaire du masque finisse, mais ne plus mettre les pieds dehors, définitivement. Et me taire, y compris chez moi. Dormir. *Exit*. Le masque, je l'ai intériorisé, il colle à ma bouche comme la tunique de Nessus, il m'empoisonne, je ne peux plus m'en défaire. Le masque et moi ne font plus qu'un, il adhère à ma peau. Le bernard-l'hermite rentre dans sa coquille. Fatigue, indifférence, vide. « Vous savez, il y a des gens qui pètent les plombs, avec tout cela » dit sentencieusement C. P.

Tout ça pour ça ?

25 avril 2021, sur ladepeche.fr, on peut lire un entrefilet comportant le titre suivant, qui reprend une analyse publiée dans l'*Indépendant* : « Covid-19 : la distanciation physique inutile pour limiter la transmission ? » Le quotidien du Sud-Ouest et sa source s'appuient sur une récente étude du MIT (Massachusets Institute of Technology), selon laquelle la propagation du virus, en espace clos, n'est pas vraiment entravée par le port du masque. Seule une bonne ventilation

réduirait la circulation du virus dans l'air. La distanciation physique, quelle qu'en soit l'importance, permet d'échapper aux grosses gouttes des éternuements ou de la toux, mais est inefficace face aux gouttelettes que l'on projette en parlant ou en respirant, et qui sont les principales propagatrices. Les gouttelettes traverseraient très bien les masques. Pire encore : le port du masque dans un lieu clos favoriserait la diffusion de ces gouttelettes, en les propulsant énergiquement vers le haut par les points d'échappement du masque, et augmenterait ainsi le risque de contamination. En revanche, un lieu clos, selon la même étude, pourrait être utilisé, même en pleine capacité, s'il était correctement ventilé, et pourvu que l'on n'y reste pas trop longtemps...

Place Jeanne d'Arc, une apparition

Tout à l'heure, j'ai croisé, en revenant du marché, une étrange silhouette. Imposante, droite. Une femme (si l'on en juge par sa silhouette dotée de rondeurs) d'un certain âge (elle marchait avec lenteur et une certaine difficulté, s'appuyant légèrement sur une canne), intégralement vêtue de blanc-crème, parka blanche avec capuche fourrée de synthétique du même ton, pantalon blanc, écharpe et gants blancs, ses cheveux, et son front même, intégralement recouverts d'un bonnet de jersey fin étroitement plaqué, comme une seconde peau, et un masque sanitaire blanc. Au milieu de tout cela, un abîme noir barrant son visage : ses yeux cachés derrière des lunettes de soleil très sombres. J'ai tenté en vain de croiser son regard inaccessible.

Table des matières